「これが俺だけに許されたレベルアップ。
俺は世界最速で――最強の座に辿り着いてみせる」
ベルが1アップしました
ベルが1アップしました
ベルが1アップしました
報酬 レベルが20アップしました
ボーナス報酬 レベルが50アップしました
天音凛
Rin Amane
ユニークスキル【ダンジョン内転移】が覚醒し、世界で唯一ダンジョンのルールにしばられない冒険者
世界最速のレベルアップ

「勝って……凛」
そこにあるのは、一週間前とはかけ離れた実力を持ち、
オークジェネラルと対等に渡り合う凛の姿。
零は両手を組み、ただ強く願う。

「これで、
終わりだぁあああ
ああああああ!」

「また、凛と話してみたいな。
……不思議。
まだ、出会ったばかりなのに」
黒崎零
Rei
Kurosaki
ユニークスキル（魔法剣）を持つ。3か月で500レベルを超えた有能な冒険者。クールな性格だが仲間想い
「よかったら連絡先を
教えてもらえませんか？」
葛西由衣
Yui
Kasai
ダンジョンで凛が命を救った新人冒険者。心優しく少し天然だが、実は非常に珍しいヒーラータイプ

世界最速のレベルアップ

八又ナガト

角川スニーカー文庫
22619

STATUS PARTY EQUIPMENT ITEM MAP

THE WORLD'S FASTEST LEVEL UP

CONTENTS

Illustration: fame

Graphic Design: Kai Sugiyama

プロローグ

約二十年前、突如として世界中に地下迷宮――ダンジョンが出現した。

ダンジョンには、それまでの常識では考えられないものが幾つも存在していた。

現代兵器を物ともしないほど、強力な力を持った生物――魔物。

化石燃料を遥《はる》かに上回る効率で使用できるエネルギー資源――魔石。

ほかにも、明らかに地球とは違う法則で生まれたであろうものが数多く存在していた。

その中でもひときわ驚異的だったのが、レベルシステムという概念だ。

レベルにステータス、そしてスキル。

かつてゲームやアニメの世界だけに存在していた概念が、現実のものとなった。

魔物を討伐し経験値を得ることによって、レベルは上がる。

レベルが上がることによってステータスは上昇し、特定条件を満たすことによってスキルと呼ばれる超常的な力を手に入れることができる。

その力を用いて魔物を討伐し、魔石を含めた迷宮資源を売却することによって生計を立てる者を冒険者と呼ぶようになった。

冒険者の力は凄《すさ》まじく、中にはたった一人で、一国の軍隊と渡り合えるほどの実力を持った者もいるくらいだ。

そんな事情から、冒険者の社会的地位はかなり高い。

世界ランク上位者ともなると、政治家や一般の著名人などとは比較にならないほどの大金、名声、権力を手にすることができる。

多くの者が、自分もそうなれることを夢見て冒険者を目指した。

だが、残念ながら冒険者を目指した誰もが、その夢を叶《かな》えられるわけではなかった。

二つほど大きな障害が存在していたからだ。

一つ目は、レベルシステムが全ての人間に平等に与えられるものではないということ。

ステータスを獲得できるのは、ごく一部の限られた人間だけだった。

そしてもう一つは……ダンジョンのとある仕組みのせいで、遅れて冒険者を始める者が圧倒的に不利になることだ。

しかしながら、そういった幾つかの障害があるとはいえ、今日《こんにち》もまだ冒険者を目指す者は後を絶たない。

誰もが一攫千金《いっかくせんきん》を夢見て、日々ダンジョンに潜る。

だけどそんな中で、俺――天音《あまね》凜《りん》が冒険者を目指す理由は少しだけ違っていた。

昔、妹と二人で出かけていた時。通常はダンジョン内にしか生息していないはずの魔物が地上に溢《あふ》れ出《だ》すという事件が発生した。

その事件に巻き込まれた俺は、自分を超える大きさの魔物を前にして死を覚悟した。

そんな時、一人の冒険者が現れたかと思えば、瞬く間のうちに魔物を討伐して俺たちの命を救ってくれた。

その背中に、圧倒的な強さに、俺は憧れたのだ。

その瞬間から、俺の目標は彼になった。

今となってはもう当時の記憶はおぼろげで、その冒険者がいったい誰だったのかさえ分からないままだけど。

それでも、この胸に生じた熱い思いだけははっきりと覚えている。

彼のように強くなり、大切なものを守ることができるような存在になりたい。

俺はそう、強く思った。

それから数年後。

俺は高校を卒業し、冒険者資格を取り、見事ステータスを獲得することにも成功した。

しかし、そこで満足することはできなかった。

冒険者として活躍するためにはもう一つの条件を突破する必要があったからだ。

というのも、冒険者の才能は、ステータス獲得時に保有しているスキルによって判明すると言われている。

たとえば、剣術スキルを保有していれば剣士、魔法スキルを保有していれば魔法使いとして大成できるといった風に。

ステータス獲得時点でスキルを保有していなくても、後に入手するための手段はある。

しかしながら、最初から保有しているスキルは、レベルシステムがその人の才能を分析した上で与えたものだというのが一般の見解だった。実際に同じスキルを用いても、最初から保有していた人の方が、効果が大きいことがほとんどらしい。

そのため、ステータス獲得時のスキル次第では、その時点で冒険者として成功できないことが判明してしまうのである。

実際に俺が保有していたスキルは二つ。

一つは身体強化。これを保有している者は最低限、体を動かす才能があるものの、冒険者として活躍するにはあと一つ足りないと言われているスキルだった。

そして肝心の二つ目。なんと、俺は他人とは違う特別なスキルを手に入れた。

それこそが、俺だけが持つユニークスキル――【ダンジョン内転移《ないてんい》】。

その名の通りダンジョン内を自由に転移できる規格外のスキルであり、周囲からは羨望の眼差《まなざ》しで見られた。

――が、それは最初だけの話だった。

スキルレベルが１の時点で、移動できる距離は最大５メートル、発動にかかる時間は１メートルにつき十秒、転移できるのは俺一人のみという数多くの制限があった。

スキルレベルが上がっても制限はわずかに緩くなるだけ。

その結果、周囲の冒険者にはすぐに無能スキルであると知れ渡り、誰も俺をパーティーに誘わなくなった。

ダンジョン攻略において、パーティーを組むのは重要である。

それができなくなった俺は、冒険者としての大成はおろか、ただダンジョンを攻略することすら困難になった。

それでも俺は諦めなかった。

いつの日か憧れた彼のように、強くなりたいと思ったから。

そして何より……不思議な確信があったんだ。

俺だけが持つユニークスキル、ダンジョン内転移。

これが周りの言うような無能スキルなんかじゃないって。

だから、それを証明したかった。
そのために修練を重ねて、ダンジョンに挑み続けて。
初めてダンジョンに挑んでから、ちょうど一年——唐突にその日はやってきた。

——ダンジョン内転移の、覚醒の日が。

第一章　ダンジョン内転移の覚醒

Dランクダンジョン――【夕凪《ゆうなぎ》ダンジョン】の十五階層。
そこで俺は、同時に三体のゴブリンを相手にしていた。
「はあッ！」
振り上げた短剣の切っ先が、一番近くにいたゴブリンの喉を貫く。
ゴブリンが血を噴き出しながら倒れていくのを尻目に、残る二体に襲い掛かる。
二体は連携しながら俺を迎え撃とうとしていた。
しかし、
「――遅い」
夕凪ダンジョンに出現するゴブリンのレベルは１２０前後。
それに対し、俺のレベルは１９４。
数の利こそあちらにあるが、圧倒的なレベル差がそれを無効化する。
ゴブリンたちが振るう棍棒《こんぼう》を軽々と躱《かわ》すと、そのまま短剣を力強く二度振るった。
ずさりと、音を立てながらゴブリンたちはその場に崩れ落ちていく。

「討伐完了っと」

そう呟《つぶや》くと同時に、脳内に聞き慣れたシステム音が鳴り響いた。

『経験値獲得　レベルが1アップしました』

「おっ、きたか。ステータスオープン」

すると、目の前にステータス画面が出現する。

【天音《あまね》　凛《りん》】
レベル：１９５　ＳＰ《スキルポイント》：３００
ＨＰ《ヒットポイント》：１６００／１６００　ＭＰ《マジックポイント》：３５０／３５０
攻撃力：３９０　耐久力：２９０　速　度：４００
知　力：２９０　抵抗力：２９０　幸　運：２９０
スキル：ダンジョン内転移ＬＶ９・身体強化ＬＶ３

【ダンジョン内転移ＬＶ９】
使用ＭＰ：３ＭＰ×距離（Ｍ）。

条　件：発動者のいるダンジョン内に対してのみ転移可。
転移距離：最大で20メートル。
発動時間：2秒×距離（M）。
対象範囲：発動者と発動者が身に纏《まと》うもの。

システム音の通り、レベルが194から195になっている。

ステータスの数値もレベルアップに合わせて少しずつ上昇していた。

……にしても、やっぱりステータスを見ると、ついつい落ち込んでしまう。

自分が冒険者に向いていないことが目に見えて分かるからだ。

「順調にレベルは上がってるけど、それでも冒険者の基準に当てはめれば下の中にいくかいかないかってところなんだよな。世界トップクラスの冒険者は10万を超えてるって話だし、それと比べたらまだまだだ」

まあ、ダンジョンが初めて出現したのが二十年前。その頃から第一線にいる人でそれなんだ。冒険者歴一年の俺が追い付こうとする方がおこがましいのかもしれないけど。

「っと、そうだ。確か夕凪ダンジョンのレベルアップ報酬って5レベルだったよな？」

ふと、俺は重要な情報を思い出した。

ダンジョンの最下層にはボス部屋があり、中にはダンジョンボスが存在している。

ボスを討伐しダンジョンを攻略すると、幾つかの攻略報酬をもらうことができる。

報酬の内容はダンジョンによって様々だが、どのダンジョンにも共通して存在するのがレベルアップ報酬だ。ダンジョンを攻略することによって、俺たち冒険者は決められた数だけレベルアップすることができる。

Ｅランクダンジョンだと１レベル、Ａランクダンジョンだと１００レベルといった風に、ダンジョンの難易度などによってその数値は変わるのだが、ここ夕凪ダンジョンはそれが５レベルとなっている。

さて、この仕組みを聞いた者の多くが、こういった疑問を抱くのではないだろうか。

ダンジョン内にいる魔物を討伐して経験値を稼ぐより、何度もダンジョンを攻略した方が効率的にレベルアップできるんじゃないか――と。

結論を言ってしまうと、それは不可能である。

というのも、ダンジョンを一度攻略すると次に挑戦できるようになるまで一週間の再挑戦期間《スパン》が必要となるからだ。

どういう原理かは未《いま》だに解明されていないが、冒険者の攻略情報は世界中のダンジョンで共有されているため、他のダンジョンに挑むこともできなくなる。

そしてこの仕組みこそが、遅れて冒険者になる者が圧倒的に不利になる理由でもある。

「……改めて考えてみても、理不尽な仕組みだよな」

自分より格上の魔物と一年間戦い続けた者より、格下のダンジョンを五年間、安全に攻略し続けた奴《やつ》の方がレベルが高くなるんだからな。

しかもこのレベルアップ報酬は、ダンジョンを何人で攻略しても決められた数だけ与えられる。仮に五人でこの夕凪ダンジョンを攻略すれば、五人全員が5レベルアップするというわけだ。魔物を討伐した際の貢献度によって配分される経験値とは異なるのである。そのため多くの冒険者は自分と近い実力の者とパーティーを組み、少しでもレベルアップ報酬の多いダンジョンに挑戦する。それがこの世界の常識。

……誰もパーティーを組んでくれない俺の不遇さが、よーく分かることだろう。

「まあ、ソロも一概に悪いってわけじゃないんだけどな」

ソロでなら、経験値や迷宮資源を独り占めすることができる。あえてダンジョンを攻略せず、魔物討伐を中心に活動することによって、彼らとの差を埋めることも可能だ。ただ、その場合は毎日ダンジョンに潜ることになるから、時間効率は最悪なんだけど。

何はともあれ、そんな様々な事情から、俺はソロで、かつ基本的にはダンジョンを攻略することなく冒険者活動を続けていた。

　けれど、今に限ってはまた事情が変わってくる。

「ここのレベルアップ報酬を受け取れば、一気に２００レベルになれるからな」

　冒険者になって以来……ずっと、この瞬間を待っていた。

　この世界のレベルシステムでは、レベルが10上がるごとに、スキルを強化するために必要なポイントであるＳＰを１００獲得することができる。

　現在、俺が保有しているＳＰが３００。ここに＋１００をすれば４００ＳＰとなる。

　これはそのまま、ダンジョン内転移をLV９からLV10にするのに必要な量だった。

　スキルにもよるが、LV10になったタイミングで強力な効果を得るものも多々あるという。

　すぐに試したいところだ。

「よし、この先一週間はダンジョンに挑戦できなくなって稼ぎは減るが、背に腹は代えられない。いこう！」

　覚悟を決めて、夕凪ダンジョンの最下層、二十階層へと向かった。

　夕凪ダンジョンのボスは１５０レベルの双尾獣《そうびじゅう》。

　二本の尻尾を巧みに使い攻撃してくる魔物で、慣れるまでは対処が困難な敵だ。

　しかし、俺はもう相手にするのが三回目。今回はレベル差もある。

最後まで落ち着いたまま戦い、無事に倒すことができた。

その直後、脳内にシステム音が鳴り響く。

『ダンジョン攻略報酬　レベルが5アップしました』

【天音　凛】
レベル：２００　ＳＰ：４００
ＨＰ：１６４０／１６４０　ＭＰ：３６０／３６０
攻撃力：４００　耐久力：３００　速　度：４１０
知　力：３００　抵抗力：３００　幸　運：２９０
スキル：ダンジョン内転移LV９・身体強化LV３

「ふぅー」

一度大きく深呼吸する。

今日この瞬間が、俺の冒険者人生を大きく左右することになるかもしれない。

「思い返せば、この一年間色んなことがあったな」

高校を卒業してすぐに、冒険者資格を取得しダンジョンに挑戦した。

そして無事にステータスを獲得することに成功し、ユニークスキル【ダンジョン内転移】を手に入れた。

ダンジョン内を自由に転移できるという規格外の力。

最初は多くの者が驚愕《きょうがく》し、期待を寄せてきた。

しかし実際に扱ううちに様々な欠点が露見し、使い物にならないとして、無能スキルだと蔑まれるようになった。

悔しかった。

それでも、諦めようとは思わなかった。

いつの日か憧れたあの人のように強くなりたいという思いは、一向に消えなかったから。

だから、同じタイミングで冒険者になった者たちが成長していく中、俺は地べたを這《は》ってでも努力し続けたのだ。

その努力が報われるかどうかが、今決まる。

「さあ、いくぞ」

覚悟を決めて、ＳＰを全てダンジョン内転移に振り分けた。

変わるのは転移距離か、発動時間か、対象範囲か。

それとも——

『ダンジョン内転移のスキルレベルが10に上がりました』

『条件が変更されます』

『発動者のいるダンジョン内に対してのみ転移可↓発動者が足を踏み入れたことのあるダンジョン内に対してのみ転移可』

——脳内に鳴り響くシステム音は、それで終わりのようだった。

「発動者が足を踏み入れたことのあるダンジョン内に対してのみ、転移可……？」

その言葉の意味を呑《の》み込《こ》むのに、しばらく時間がかかった。

そして俺は、自分が望んだ結果ではなかったということを理解する。

「そりゃそうだ……そんなうまくいかないよな」

転移距離がダンジョン内全てになれば。

発動時間が〇秒になれば。

対象範囲が自分以外の冒険者も含まれるようになれば。

色んな想定はしていたが、どうやらそこまで甘くはなかったらしい。

まあ、それを差し引いてもちょっと意味が分からないが。

俺が足を踏み入れたことのあるダンジョンに転移できると言われても……ダンジョンとダンジョンは最低でも1キロ以上離れている。

今後スキルレベルを上げることによって、転移距離が20メートルからどれだけ伸びようとも、実行できる機会はまずないだろう。完全に無意味な進化だ。

「はあ」

最後に一度、大きく落胆のため息をつく。

一年越しの期待が裏切られたんだ。こうなってしまうのも許してほしい。

そんな風に気落ちしていると、俺の体が淡い光に包まれる。

ダンジョンの外に帰還するための転移魔法が発動される合図だ。

「……っと、あぶないあぶない」

急いで双尾獣の死体から魔石を回収する。

魔物の内部には必ず魔力が籠った石——魔石が存在している。魔石は優秀なエネルギー資源になるため高く売れるのだ。回収するに越したことはない。

ちなみに回収しなかった部位は、時間が経《た》つと自動的にダンジョンに吸収され消滅するようになっている。改めて思うが、ダンジョンというものは実に不思議だ。

魔石の回収後、俺は静かに転移魔法の発動を待つ。

本当は三日三晩、枕を涙で濡《ぬ》らしたいくらいには落ち込んでいる。

けれど、いつまでもそうは言っていられない。

「次、スキルが大きく進化する可能性があるのはLV20の時か。何年かかるかは分からないけど、また一から頑張っていくしかないな」

パシンッと、両手で自分の頰《ほお》を叩《たた》き、新たに気合を入れる。

それと時を同じくして、転移魔法が発動するのだった。

「……帰るか」

一年越しの期待が裏切られたことに落胆しながら、夕凪ダンジョンを後にする。

だがこの一時間後、俺は知ることとなった。

ユニークスキル・ダンジョン内転移の真価を。

◇◆◇

迷宮資源を売却した後、電車に乗って自宅の最寄り駅に帰ってきた。

夕凪ダンジョンの攻略を短時間で終えたため、まだ日は高い位置にある。

帰宅の途中、よく見慣れた場所に足を止めた。

この町では最も大きな公園である紫音《しおん》公園。そこにいるのはボール遊びなどをする子供たち——ではなく、武器を手にした冒険者たちだった。

約三年前、公園内に出現したEランクダンジョン——【紫音ダンジョン】を攻略しにきた者たちだろう。落ち着きのない奴が多いし、あまり場慣れしていないのかもしれない。

「確か俺が初めて挑んだダンジョンもここだったんだよな。Eランクなだけあって難易度もダンジョンの中では最低レベルだし、初心者に適してるって感じだけど……」

ただ、その分だけ得られるものも少ない。出てくる魔物が弱い代わりにもらえる経験値はかなり少ないし、レベルアップ報酬も1レベルのみ。ある程度力をつけた冒険者にとっては、一切挑む価値がないような場所だ。俺も最初の数回くらいしか入ったことがない。

「ちょっと寄っていくか」

時間に余裕があるということもあり、紫音公園に足を踏み入れてみた。

別に挑戦するつもりがあるわけではない。一週間のスパンもあるし。

ただ、少し懐かしくなっただけだ。

ダンジョンの入り口手前まで行くと、そこにいたダンジョン管理人が小さな機器をこちらに向けてくる。

「冒険者カードを確認いたします」

「はい」

俺は免許証サイズの冒険者カードを取り出すと、その機器にピッと当てた。

冒険者カードとはその名の通り、冒険者資格を手に入れた者に与えられるカードである。

名前と年齢、それから過去に攻略したダンジョンのランクなども載っている。

ダンジョンに入る際は必ず持っていなくてはならず、入場時と退場時にはこうして記録を取られることになっている。

言ってしまえば、ダンジョン内で事故とかがあって帰らぬ人になった時、誰がそうなったかを確認する必要があるというわけだ。

ちなみに、この確認を取ってくれる人のことをダンジョン管理人という。

政府系の組織であるダンジョン協会から派遣されており、入退場記録を取る以外にも、冒険者に様々なサポートをしてくれる。

「ご協力ありがとうございます。十分にお気を付けください」

管理人の言葉を背に受けて、俺は地上に一部だけ飛び出た、塔のてっぺんにある入り口から中に入った。すると下に続く階段があったため、そのまま下りていく。

そうして辿り着いたのは、長方形の大きな空間だった。

この空間は帰還区域《きかんくいき》と呼ばれており、正確にはダンジョンの中ではない。そのため、当然ダンジョン内転移も発動することはできない。

帰還区域は全てのダンジョンに必ず存在するが、その用途はたった一つ。

ダンジョン攻略後に発動する転移魔法による、帰還先として使われているのだ。

もちろん、さっきの夕凪ダンジョンでもそれは同じだった。

「まあ、それはともかくっと」

俺は周囲を見渡すのをやめると、まっすぐ前を向く。

そこには、ダンジョンの中に入るために必ず通らなければならない入り口――ゲートが存在していた。このゲートの先からが、本当のダンジョンとなっている。

俺はゲートにまで足を運び、中に入ろうと試みる。しかし、

「やっぱりこうなるよな」

目には見えない力に阻まれ、中に入ることができなかった。

ゲートにはダンジョンに入るための基準に達していない低レベル者を拒絶する効果もあるが、Ｅランクダンジョンである紫音ダンジョンにはそもそもその基準が存在しない。冒険者でなかったとしても、誰でも中に入ることができるのだ。

となると、今の俺がゲートを通れないのは間違いなくスパンのせい。

分かってはいたことだが、ため息の一つでもつきたくなる。

「はあ、このスパンってやつがなければ、どんどん色んなダンジョンを攻略してレベルアップしていくのに……」

ちなみに、過去に同じことを考えた冒険者も数多くいたらしい。

ゲートを通るのが無理ならばと、隣にある壁を破壊しようとしたらしいが、どれだけ強力な魔法でも傷一つ付けられなかったとか。

スパンを無視して攻略報酬を得ることは、それほどまでに不可能なことなのだ。

と、不意に俺は、とあることを思いつく。

「そうだ、もしかしたらダンジョン内転移で中に入れたりしないか？」

今回のレベルアップで、条件が今いるダンジョン内から、足を踏み入れたことのあるダンジョン内に変わった。

ゲートさえ通らなければ、中に入ることは可能かもしれない。

「いや、まあ実際は無理なんだろうけど……試すだけならタダだよな」

ちょうど周りに誰もいないこともある。

俺はさっそくダンジョン内転移を使ってみることにした。

イメージするのは、紫音ダンジョンのゲートを通ってすぐの場所。

距離は1メートル。発動にかかる時間は1メートル×2の二秒。

全く期待しないまま、その時間が過ぎ去るのを待つ。

そして――

「うそ……だろ」

――俺は驚愕に目を見開くこととなった。

だって今俺がいるのは、紛れもなく紫音ダンジョンの中だったのだから。

「成功したのか⁉　本当に⁉」

絶対に成功なんてしないと思っていた。でも、現にこうして俺は中にいる。

驚愕《きょうがく》と興奮が胸の中でせめぎ合い、形容しがたい感情が生まれる。

これからは攻略後のスパンを気にする必要がなくなる……？

つまり、レベルアップの効率が何倍にも膨れ上がる！

「いや、待て、落ち着け。問題はここからだ。中に入れたのはいいが、肝心のレベルアップ報酬がもらえないようじゃ意味がない……！」

そう、喜ぶのはまだ早い。

俺は何度も深呼吸して無理やり興奮を鎮める。

「よし、行こう」

気合を入れた後、俺は最下層を目指し歩き始めた。そして10レベルもあればソロ攻略が可能とされている紫音ダンジョンを、一時間足らずで攻略した。

『ダンジョン攻略報酬　レベルが1アップしました』

そして、見事レベルアップ報酬を受け取ることにも成功する。

「ははっ……やった！」

今度ばかりは何の遠慮もいらない。俺はその場で、全力で喜んだ。

これは本当にとんでもないことになったかもしれない。

ダンジョン内転移のおかげで、世界中で俺だけが、レベルアップ報酬の恩恵を際限なく受けることができる！

EランクダンジョンやDランクダンジョンを繰り返し攻略するだけでも、Aランクダンジョンの強力な魔物を相手にするより、圧倒的に効率良く成長することができるんだ！

「よし、そうと分かれば――！」

その後、俺は興奮収まらぬまま、何度も何度も紫音ダンジョンに挑戦した。

そして日が暮れるまでの間に、合計で9レベルもアップするのだった。

◇◆◇

いくらでもレベルアップするのが楽しくなり、気が付いた時には日が完全に落ちていた。

俺は急いで自宅に帰る。

「た、ただいま〜」

恐る恐る扉を開けて中に入った、次の瞬間。

「もう、遅いよお兄ちゃん！」

「うおっ」

目の前にお玉が突きつけられる。

その先には艶のある黒髪のポニーテールを揺らす、可愛《かわい》らしい少女が立っていた。

「悪い、華《はな》。つい攻略に夢中になって」

「まあいいけど。それより晩ご飯温めるから、早く手洗いうがいしてきてね」

言い残して、その少女——俺の三つ年下の妹、天音華はリビングに戻っていく。俺はすぐに手洗いうがいを済ませ、華の後を追った。

食卓には美味《おい》しそうな料理が並んでいた。さっそく頂こう。

「いただきます。うん、美味《うま》い。やっぱり華の料理は世界一だな！」

「……どうしたの急に？　きもちわるいよ」

「うっ！」

鋭利な言葉が、心に深く突き刺さる。

手で胸を押さえて痛みに耐えていると、目の前に座る華は柔らかい笑みを浮かべた。

「それで、何かいいことでもあったの？」

「いきなりどうした？」

「お兄ちゃんがいきなり意味分かんないこと言いだしたり、珍しく帰りが遅かったりするから気になっただけだよ」

「なるほど……確かに、いいことはあったな」

それも、とんでもなくいいことが。

「そのいいことっていうのは、ダンジョン関係？」

「ああ。今まで冒険者として頑張ってきてよかったって思えるくらいのことだったよ」

「そっか。なら、よかった」

俺の言葉を聞いた華は、安堵《あんど》したように表情を緩めた。

華はずっと前から、俺に冒険者としての才能がないことを知っている。だからだろう、以前からよく、俺がダンジョンでうまくやれているか問いかけてくることがあった。

妹として兄を心配してくれる華に、俺は心から感謝していた。

……なんせ、俺にとって華は唯一の家族だからな。

数年前、俺たちの両親は海外旅行中に事故に巻き込まれて、行方不明になった。

今は二人が残してくれたお金で生活しているが、決して贅沢《ぜいたく》して暮らせるような額があるわけではない。

俺が冒険者になってからは、ダンジョンで稼いだ金も生活費として使っているが……冒険者は装備などを整えるのに金が必要だということもあり、Ｅ～Ｄランク程度では、実はそこまで儲《もう》からなかったりする。

それでも幼い頃に抱いた夢のために冒険者を続けたいという、俺の身勝手な意思を尊重してくれる華には頭が上がらないのだ。もっと稼げるようになったら、華には色々と恩返ししなくちゃいけないなと思っている。

「で、そんないいことがあったお兄ちゃんは、そろそろＣランクダンジョンに挑めるくらいには強くなったのかな？」

物思いにふけっていると、華はいたずらっぽく笑いながらそう言った。俺のレベルが２００前後だと知っているはずなので、ちょっとした冗談のつもりなのだろう。

ダンジョンはＣランクから一気に難易度が上がる。具体的な数字を挙げると、最低でも５００レベルが必要とされているのだ。

俺がこれまでの調子でレベルアップをしても、軽く一年以上かかってしまう。

だからこそ、華は冗談めかして言ったんだろうが……。

今の俺はダンジョン内転移のおかげで効率良くレベルアップできる。

それを使えば一か月と経《た》たずに、そこまで辿《たど》り着けるはずだ。

「聞いて驚け、実はな――」

途中で俺は言葉を止めた。理性がこれを言うべきではないと告げていた。

だってそうだ。

俺が新しく得た力は、世界中の冒険者にとって共通の障害とされるスパンを無視するためのもの。それを使って効率的にレベルアップすることを、周囲の者たちはきっと良くは思わないだろう。場合によっては、嫉妬や怒りから襲われることもあるかもしれない。

華が周りに言いふらすような人だとは思っていないが、どこから情報が洩《も》れるかは分からない。このことは、俺だけの秘密にするべきだろう。

「？　どうしたの、お兄ちゃん。急にぼーっとして」

「いや、なんでもない。残念だけど、Ｃランクになるまではまだしばらくかかりそうだ」

「うん、知ってた」

「なら訊《き》かないでもらえるかな？」

くすくすと笑う華。その笑顔を見たら、何でも許せそうな気がした。

その後、俺と華はとりとめのない会話をしながら箸を進めていく。

こんな何気ない日常の時間が何よりも大切だと、そう思うのだった。

◇◆◇

翌日。俺は自宅から通える、かつ攻略したことのあるダンジョンの一覧を眺めながら、どのダンジョンに行くべきかを考えていた。

レベルアップ効率だけを考えたら夕凪ダンジョンが最もいい。

あそこなら約二時間で攻略が可能。それでいてレベルアップ報酬は5レベル。

一日に五周するとしたら、合計で25レベルもアップする。

ただ、一つだけ問題がある。夕凪ダンジョンはDランクダンジョンの中でも迷宮資源が豊富なため稼ぎやすく、冒険者が多い。俺もその一人だったわけだ。

それゆえに帰還区域にも常に人が行き交っており、俺がダンジョン内転移を発動して消えるところや、一日に何度も転移魔法で帰還してくるところを見られる恐れがある。

できればそれは避けたい。

となると、紫音ダンジョンのように人が少ないところがいいんだが……。

あそこは約一時間で攻略可能。それでレベルアップ報酬が1レベル。

夕凪ダンジョンに比べれば、いくぶん効率が悪い。

それに紫音ダンジョンの迷宮資源はほとんど稼ぎにならないし、こちらも避けたい。

「となると、ここか」

Dランクダンジョン――【夢《ゆめ》見《み》ダンジョン】。

攻略推奨レベルは１２０と、基本的に攻略推奨レベルが１００～５００となっているDランクダンジョンの中では難易度が低め。ただ各階層は広く、攻略には三時間近くかかる。レベルアップ報酬は5レベルと、攻略にかかる時間の割には低いが、難易度から考えたら少し高めだ。加えて攻略時にはレベルアップ報酬の他に、一万円程度で売却可能な魔石ももらえる。一日に三周すればレベルが15アップし、三万円の稼ぎになる。

さらに夢見ダンジョンの特徴として、道中に出てくる魔物から得られる経験値が少なく、ダンジョン内で得られる迷宮資源の売却価格が低いという点が挙げられる。

普段ならば短所でしかないその特徴も、今の俺にとっては望ましいものとなり得る。

――つまり、冒険者にとても人気がなく、人目につきにくいのだ。

「決まりだな」

準備を終えた後、俺は電車に乗って夢見ダンジョンに向かうのだった。

夢見ダンジョンに辿り着くと、想像通り人気《ひとけ》が少なかった。

ダンジョン管理人に冒険者カードを見せた後、階段を下りて帰還区域にまで辿り着く。

周りに人がいないことを確認した俺は、ゲートの前で立ち止まった。

夢見ダンジョンのゲートを通るためには最低80レベルが必要だが、もちろん俺にはそんなこと関係ない。それどころか、スパンさえも。

ダンジョン内部をイメージ。転移距離は1メートル。発動までの時間は×2の一秒。

僅かな沈黙の後、無事にスキルは発動され、俺は夢見ダンジョンの中にいた。

「んじゃ、行くか」

三か月ほど前に攻略した時の記憶を思い出しながら進んでいく。

夢見ダンジョンで出現する魔物はボスを除いて三種類。

ゴブリンとコボルト、それからグレイウルフで、後者になるほど強力になる。

俺は短剣を片手に持ち、慎重にダンジョン内を歩いていく。

この短剣は【夢見の短剣】といい、以前このダンジョンで入手したものだ。

初挑戦、かつソロでボスを倒した際にのみもらえる報酬なだけあり、能力は攻撃力パラメータを+60とかなり優秀な武器だ。入手して以降、ずっと愛用している。

「っと、きたか」

魔物の気配がした方に短剣を向ける。

すると、灰色の毛並みが特徴的な狼《おおかみ》型の魔物、グレイウルフが三匹姿を現した。

息の合った連携で攻撃してくるため、なかなか厄介な魔物ではあるが……。

「……遅いな」

グレイウルフの攻撃を躱《かわ》した俺は、すぐに短剣を振るいダメージを与えていく。

前回攻略した際はそれなりに苦労したのだが、その時に比べて俺のレベルがかなり上がっていることもあり、ほとんど相手にならなかった。

レベルが上がり能力値が上昇するだけで、ここまで成長を実感できるのだ。

戦う上での技量はもちろん大事だが、この世界のレベルシステムにおいては、やはりレベルを上げることこそが最も重要だと実感する。

「楽勝だったな」

一分ほどでグレイウルフを全て討伐した俺は、再び歩を進めた。

魔物との遭遇は極力避け、戦闘回数をできるだけ減らす。

そしてダンジョンに入ってから約三時間後、ボス部屋に辿り着いた。

ボス部屋に続く巨大な扉に触れると、ズズズと音を立てながら開いていく。タイミングが良かったのか、今は誰もボスと戦ってはいないようだ。

先にボスと戦っているパーティーがいた場合、戦闘が終わるまで扉が開かれることはないからな。その待ち時間が何かと面倒だったりするのだ。

「っと。今はそれより、ボスに集中しなくちゃな」

夢見ダンジョンのボスはハーピーという、女の顔をした半人半鳥の魔物だ。

特徴として、こちらの眠気を誘う歌を歌ってくるが、抵抗力パラメータが高ければほとんど影響はないので気にする必要はない。

それよりも基本的に空中を旋回し、攻撃時のみ下りてくるので、こちらから攻撃するのが難しいほうが厄介だ。前回はそのせいで討伐までにかなり時間がかかった。

けど、今回はもっと楽に勝てるはずだ。しっかりと対策もしてきたからな。

俺は腰元の素材袋から手のひらサイズの石を取り出す。

これは爆石《ばくせき》という名の、魔力を込めると爆発するマジックアイテムである。同じ爆石でも威力は大小あるが、これは比較的威力が低い方だ。一つにつき、お値段なんと二千円！

マジックアイテムの中ではお手頃価格である。

「喰《く》らえ！」

さっそく俺は、その爆石をハーピー目掛けて投げる。

ハーピーにぶつかると同時に、ドォン！　と爆発音が辺り一帯に響いた。

「ピィィィ！」

爆発をまともに浴びたハーピーは悲鳴を上げる。ダメージはそこまで通っていないみたいだが、追撃を嫌ってか、急降下しながら俺に攻撃を仕掛けてくる。

この状況を作り出すことこそが俺の狙いだった。俺はタイミングを見計らって短剣を力強く突き出す。胴体を貫かれたハーピーは、断末魔の悲鳴とともに崩れ落ちていった。

『ダンジョン攻略報酬　レベルが5アップしました』

脳内に鳴り響くシステム音を聞き、俺は拳を強く握りしめる。

「よし、一気に5レベルアップだ」

つい先日まで、一日中ダンジョンに潜っても1レベルとして上がらない日があったことを考えれば、この成長速度が驚異的なことがよく分かるだろう。

だが、これだけで満足するつもりはない。

「まだまだ時間はあるからな。今日は時間の許す限り、夢見ダンジョンを攻略してやる……っと、忘れるところだった」

興奮のあまり、ハーピーの死体から魔石を回収することを忘れていた俺は、すぐに短剣を使って魔石を取り出した。ハーピーから取れる魔石は五千円程度で売却可能。攻略報酬の魔石も合わせたら計一万五千円。爆石分の出費があるとはいえ、なかなかの儲けだ。

「っと、もう時間か」

俺の体を淡い光が包み込むのを見て、そう呟《つぶや》いた。転移魔法が発動する合図だ。

その後、俺は転移魔法によって帰還区域まで戻される。

当然だが、ここで帰ったりはしない。

「んじゃ、続けてもう一周いくとするか！」

改めて気合を入れると、再びダンジョン内転移を発動して中に入る。

結局その後、夢見ダンジョンをさらに二回攻略した。

それによって、今日だけでなんと15レベルもアップするのだった。

【天音　凛】
レベル：２２４　ＳＰ：２００
ＨＰ：１７２０／１８３０　ＭＰ：３２０／４１０
攻撃力：４６０　耐久力：３３０　速　度：４８０
知　力：３２０　抵抗力：３３０　幸　運：３２０
スキル：ダンジョン内転移LV10・身体強化LV3

◇◆◇

「改めて見ても、とんでもないことになってるな……」

帰宅後。自室で自分のステータスを眺めながら、しみじみと俺は呟いた。

昨日の朝の時点で、俺のレベルは１９４しかなかった。

それがたった二日で２２４になっている。

一日につき15レベルアップ。間違いなく、過去に例を見ない成長速度だ。

「さて、そんじゃさっそく、２００あるＳＰを何に振り分けるとするか」

スキルの欄をタッチし詳細を見る。まずは既に保有しているスキルについてだ。

――保有スキル――

ダンジョン内転移LV10→LV11（必要ＳＰ：５００）

身体強化LV３→LV４（必要ＳＰ：40）

「ふむ、ダンジョン内転移をLV11にするには５００ＳＰも必要なのか」

結構な量だが、必要ＳＰが増えた分、レベルアップ時の成長も期待できるはずだ。

とはいえ、現在のＳＰ量ではスキルレベルを上げることは不可能なため、次に書かれている身体強化に視線を向ける。

身体強化は攻撃力、耐久力、速度の数値を少しだけ上げてくれるスキルだ。

接近戦を基本とする俺にとって、これらのパラメータはかなり重要。スキルレベルを上げるだけの価値はある。

しかし、俺はあえてそれを選ばなかった。続けて新規スキル一覧を表示する。

そこには剣術、治癒魔法、索敵といった、俺が獲得できる様々なスキルが載っていた。

勢いよくスクロールし、目当てのスキルを見つける。

「あった。これだ」

――新規スキル――

鑑定（必要ＳＰ：２００）

アイテムボックスLV１（必要ＳＰ：２００）

この二つはレベル１００を超えることで入手できるようになる中級スキルである。これまでも獲得自体はできたが、ダンジョン内転移のレベル上げを優先して入手しなかった。鑑定は、使用すれば魔物のステータスや迷宮資源の情報を確認できるようになるため、ダンジョン攻略においてかなり有用なスキルである。パーティーのうち誰か一人は保有しておくべきスキルだと言われており、ソロ攻略が基本な俺にとっては必須のスキルだ。そしてもう一つ、ソロ冒険者――いや、全ての冒険者にとって必須のスキルがある。それがアイテムボックスだ。

武器やマジックアイテム、魔物の素材などを異空間に保管することができるスキルであり、これによって不測の事態に備えることも、これまで手に持つ余裕がないため諦めてきた迷宮資源を回収することもできるようになる。

さらには、ダンジョン攻略用の装備や私服などをアイテムボックスの中に入れておくことで、有事の際には一瞬で早着替えができるという裏技も存在する。

このご時世、戦闘用の装備に身を包んだ冒険者が町中に現れること自体は珍しいことではないが、周囲の目を引くことは確か。避けられるのならそうしたいところだ。

とまあそんな事情から、鑑定かアイテムボックスのどちらかを獲得したいのだが……。

「どちらとも２００ＳＰが必要だから、両方は取れないのか。まあ、明日からもしばらく夢見ダンジョンに通うつもりだし、鑑定はそこまで急ぎじゃないな。よしっ、決めた」

俺は２００ＳＰを使い、アイテムボックスLV１を入手する。

まだスキルレベルが低いため保管できる量は少ないが、それでも十分活躍してくれるはずだ。素材袋を持ち運ばなくてよくなるだけでも嬉《うれ》しいしな。

その後、俺は華の作ってくれた夕食を美味《おい》しく頂き、明日に備えて早めに眠るのだった。

◇◆◇

『ダンジョン攻略報酬　レベルが５アップしました』
『レベル：２２４↓２２９』
『ダンジョン攻略報酬　レベルが５アップしました』
『レベル：２６９↓２７４』
『ダンジョン攻略報酬　レベルが５アップしました』
『レベル：３３４↓３３９』

『ダンジョン攻略報酬――

その翌日からも、俺は順調にレベルを上げ続けた。

ゴブリン、コボルト、グレイウルフはもはや敵ではない。レベルが３００を超えたあたりからはボスのハーピーでさえ、跳躍してからの一振りで討伐できるようになっていた。

レベルアップ時に取得したＳＰの使い道としては、まず鑑定を獲得し、それからは身体強化に注ぎ込むことにした。

その結果、身体強化はLV10（ＭＡＸ）になり、新たに剛力、忍耐、高速移動のスキルが獲得できるようになった。それぞれが攻撃力、耐久力、速度のパラメータを上昇させる優秀な中級スキルだ。周回の効率を上げるため、俺はその中から高速移動を選択した。

跳ね上がる速度。どんどん短くなっていく攻略時間。

最終的には、一時間もかけずに攻略できるようになっていた。

その結果、この四日間で夢見ダンジョンをなんと三十回も攻略することができた。

そして、ステータスはこのように変わった。

【天音　凜】
レベル：３７４　ＳＰ：２１０
ＨＰ：３０３０／３０３０　ＭＰ：７１０／７１０
攻撃力：７６０　耐久力：５６０　速　度：８００
知　力：５４０　抵抗力：５６０　幸　運：５２０
スキル：ダンジョン内転移LV10・身体強化LVＭＡＸ・高速移動LV３・鑑定・アイテムボックスLV１

【身体強化LVＭＡＸ】：攻撃力、耐久力、速度の各パラメータを＋１００。
【高速移動LV３】：速度を＋３００。

「順調……すぎるくらいだな」

レベルも、ステータスも、スキルも。全てが驚くほど順調に成長している。

このままいけば、本当にただダンジョンを周回しているだけで、レベル10万超えも夢ではないかもしれない。

　そんな風に淡い期待を抱いてしまう。しかし、ただひたすらにダンジョンを攻略してレベルアップする日々に変化が訪れたのは、その翌日のことだった。

◇◆◇

　その日、夢見ダンジョンに行くと、いつもより冒険者の数が多いことに気付いた。

「あっ、そっか。今日は土曜日だ」

　休日になると、ダンジョンには冒険者が増える。

　普段は会社員や学生をやっている者たちが、休日にだけやってくるからだ。

レベルシステムの仕組み上、格上の魔物と戦ったりなどの危険を冒さずとも、安全に探索できるダンジョンを攻略するだけでもレベルアップは可能。ステータスの上昇は日常生活においても利点が大きいため、こういった層が多くいたりする。

　いわゆる、週末冒険者というやつだ。

　それに週に一回しかダンジョンに来ないのであれば、一週間のスパンはそれほどの弊害ではない。何の憂いもなくダンジョンを攻略することができるのだ。

　ここ夢見ダンジョンは、道中の魔物から得られる経験値や素材はお世辞にもいいとは言えないが、攻略報酬だけならそれなりなため、そういった層には需要があるのだろう。

「ダンジョン内転移を使うところを見られないようにしないとな」

小さくそう呟《つぶや》いたあと、俺は帰還区域に向かうのだった。


ダンジョン内でもできるだけ他の冒険者と出くわさないように注意しながら、順調に四周を終える。ここ数日の中で最もペースがいい。この調子なら十周超えも狙えるだろう。

そう思いながら、本日五回目となる最下層に辿《たど》り着いたその時だった。

「……なんだ？」

ドタドタドタと、複数人の足音が聞こえてくる。音がする方に視線を向けると、高校生から大学生くらいであろう年代の男女が四人、焦った様子で通路を駆けていた。

「今のうちに早く逃げるぞ！」

「分かってる！　さすがにあの数を相手にするのは無理だわ！」

「俺たちだけでも生き残るんだ！」

そんな会話を繰り広げながら、彼らは慌ただしく走り抜けていく。

それを聞き、俺はある違和感を覚えた。

「俺たちだけでも生き残る……？　っ、まさか！」

最悪の可能性が頭の中に思い浮かぶと同時に、その声は響いた。

「誰か、助けてください！」

助けを求めるその声は、四人の男女がやってきた方から聞こえてきた。

これはもう、間違いないだろう。

俺は速度パラメータを全開にして、全速力で駆け出した。

そして数秒後。辿り着いた場所には、なんと三十四近いグレイウルフに襲われている一人の可愛《かわい》らしい少女がいた。装備を見るに魔法使いタイプだろうかと推測できる。魔法使いタイプがソロでダンジョンに潜ることはまずありえない。ということは——

（やっぱりそういうことか）

その光景を見て、俺は確信を抱いた。

グレイウルフのレベルは平均して１００前後。ダンジョンボスのハーピーよりは20レベルほど低いが、問題はその数だ。１２０レベルの魔物を一体相手にするより、１００レベルの魔物を同時に三十四相手にする方が難易度は各段に高い。

先ほどの男女は、この少女を囮《おとり》にして自分たちだけ逃げ出したのだろう。

ダンジョンにおいてそれは許されざる行為。彼らの身柄を捕らえダンジョン管理人に差し出すべきだ。……が、それより先にするべきことがある。

「グルゥ！」

「きゃあっ！」

獰猛《どうもう》な牙をむき出しにし、今にも少女を襲おうとしているグレイウルフ。

そんなグレイウルフに対し、体を震わせながら悲鳴を上げる少女。

俺は力強く地面を蹴り、少女とグレイウルフの間に入ると、手に持つ短剣を振るった。

「はあッ！」

その一撃によって、グレイウルフの胴体は真っ二つに両断された。

「……えっ？」

背後から聞こえる戸惑いに満ちた少女の声。俺はそんな彼女に一言声をかける。

「もう大丈夫だ」

そしてそのまま、グレイウルフの群れと戦闘を繰り広げる。

グレイウルフたちは俺を脅威と見るや連携を取って攻撃を仕掛けてくるも、その全てが無駄に終わる。俺が振るう刃《やいば》が、次々とグレイウルフの命を摘み取っていった。

「す、すごい……」

俺の背後で、少女が驚愕《きょうがく》したようにそう呟く。

そして、戦闘が始まってから約二分後——

「おまえで最後だ！」

――ラスト一匹の討伐を終え、無事に少女を救い出すことに成功した。

短剣をその場で数回振るい、付着したグレイウルフの血を振り払った後、アイテムボックスの中に戻す。そしてゆっくりと少女のもとに歩いていく。

しかし、少女は地べたに座り込んだまま立ち上がろうとはしなかった。

大丈夫だろうか？　救援に間に合ったと思っていたが、もしかしたら俺が到着する直前に攻撃を受けていた可能性もある。

俺は少女に手を差し伸べながら問いかけた。

「えっと、大丈夫か？　怪我《けが》とかは」

「し、してないです。ちょっと腰が抜けちゃっただけで……その、助けてくれてありがとうございますっ」

「ああ」

少女は礼を告げた後、俺の手を摑《つか》んで立ち上がろうとする。しかし――

「きゃっ」

「おっと」

うまく膝に力が入らなかったのか、がくんと少女の体が倒れそうになった。

俺はとっさに彼女の体を受け止める。しかしそれがさらなる事態を生んだ。

俺と少女の体は密着し、さらに顔が急接近してしまったのだ。

少女の可愛らしい顔が間近に迫ったことによって、胸の鼓動が速まるのを感じる。ただ俺以上に少女の方が動揺していたみたいで、一瞬で顔が真っ赤になっていた。

「～～っっっ！」

直後、ものすごい動きで後ずさり、俺から距離を取る。

……そ、そんなに俺が近くにいることが嫌だったんだろうか？

なんだろう、心がちょっぴり痛い。とはいえ嫌がらせてしまったのなら謝らなければ。

「悪い、急に倒れてきたからつい。迷惑だったよな」

「そ、そんな、迷惑だなんてとんでもありません！」

少女は全力で首を左右に振り、俺の取り越し苦労だったということを伝えてくれる。

嘘《うそ》を言っている様子ではないし、素直に信じてもいいだろう。

そんなことを考えているうちにも、少女は俺に向けて笑顔を浮かべると、

「あなたのおかげで助かりました。本当に、ありがとうございました！」

頭を深く下げ、お礼を告げるのだった。

その後、少女から先ほどの状況に至る経緯を聞いた。

まず初めに、少女の名は葛西《かさい》由衣《ゆい》。現在は十七歳で、四月からは高校三年生になるらしい（ちなみに今は三月下旬）。十七歳の誕生日を迎えた数か月前に冒険者になって以来、週末だけこうしてダンジョン攻略にやってきているとのことだった。

葛西さんの言葉を聞いた俺は、ダンジョンに関するルールを思い出す。

「そういえば、今は十七歳から冒険者になれるんだったな」

「はい、今年度から変わったみたいです」

約二十年前、世界中に突如として出現したダンジョン。

月日が経《た》ちダンジョンについて少しずつ明らかになっていく中で、幾つかのルールが制定されるようになった。

そのうちの一つとして、十六歳未満はダンジョンに入ってはいけないという世界共通の決まりができた。ダンジョン内では常に何が起きるか分からず、命を落とす可能性がある。

そのため、最低限の分別がつく年齢になるまで入れるべきではないとされたのだ。

とはいえ、十六歳はあくまで最低基準。国によってはそれより上の年齢を基準にすることもあり、日本もそのうちの一つである。子供をダンジョンに入れるべきではないという世論の声が強く、つい最近まで十八歳未満は冒険者資格を取れなかった。

しかし、現代では国が保有する強力な冒険者の数こそが、国家の地位を左右するとまで言われるようになった。その結果、日本でも冒険者を増やすための施策を取るべきだという意見が多くなり、試験的に今年度から十七歳に引き下げられたのだ。

現時点で特に大きな問題は起きていないため、四月からはさらに十六歳まで引き下げられるとの噂《うわさ》もあるが……なんにせよ、そのルール変更のおかげで葛西さんは十七歳でありながら冒険者になれたのだろう。

そんなことを考えながら、俺は思わず「はあ」とため息をついた。

それを見た葛西さんが小首を傾《かし》げる。

「あの、どうかされたんですか？」

「いや、年齢制限の引き下げがあと一年早ければ、俺も学生の頃から冒険者をやれたのになと思って……っと、そんなことより、葛西さんはどうしてあんな場所に一人でいたんだ？」

「実は……」

葛西さんが話してくれた内容は、俺が予想していたものとほとんど相違なかった。

「まとめると、今日だけ臨時でパーティーを組んだ相手と一緒にダンジョンに潜ったはいいものの、グレイウルフの群れと遭遇。葛西さんだけが囮として取り残され、他の奴《やつ》らは逃げていったってわけか」

「はい、その通りです……」

しゅんと肩を落とす葛西さん。

やはり、あの時見た四人の男女が葛西さんを置き去りにしたようだ。

ダンジョン内でどんな事件が起きたとしても、外部の人間にそれがバレることはない。

だからこそ、逆に罪自体は通常の犯罪以上に重いものとされているのだ。

中でもパーティーメンバーを囮にすることは重罪中の重罪。冒険者法に則《のっと》れば最低でも冒険者資格の剝奪《はくだつ》は確実だし、それ以外にも様々な罰則が科されることだろう。

……彼らははたして、それを理解していたのだろうか。

まあ、そいつらについては後でダンジョン管理人に報告するとして。問題は一人になった葛西さんをどう地上まで連れていくかだが、最下層のここからならいっそのこと……。

「とりあえず、まずは移動するか。ついてきてくれ」

「えっ？　は、はい！」

葛西さんは恐る恐るといった風に、俺の一歩後ろをついてくるのだった。

数分後。俺たちの目の前には巨大な扉――ボス部屋が存在していた。

触れても開かないところを見るに、どうやら中で誰かがボスと戦っているようだ。

葛西さんはまさかボス部屋に連れていかれるとは思っていなかったのか、驚いていた。

「あの……もしかしてこれから、ボスに挑戦するんですか？」

「ああ、こうした方が手っ取り早く帰還区域まで戻れるからな。何か問題があったか？」

「い、いえ、むしろ私にとってはすごくありがたいんですけど、本当に二人でボスに挑んでも大丈夫なんでしょうか？　ついさっき、大量の魔物とも戦ったばかりですし……」

どうやら葛西さんは俺の体力面を心配してくれているみたいだ。

それ自体は非常にありがたいが、実際のところ全く問題はない。今の俺からすれば、グレイウルフなんて相手にすらならなかったからな。

そんなことを考えていると、前のパーティーがボスを討伐したのか、ゆっくりとボス部屋の扉が開いていく。

それを確認した俺は、踵《きびす》を返し葛西さんに背中を向ける。

そしてボス部屋の中に歩を進めながら堂々と告げた。

「心配はいらない。いったい俺を誰だと思っている？」

「……誰、なんですか？」

「…………」

やっべ。そういえば向こうから事情を聞くのを優先していたせいで、まだ俺の自己紹介していなかった。

「天音凛です」

「天音凛さんですね。その、知り合いに天音って方がいるので、凛さんとお呼びしてもいいですか？」

「うん」

「ありがとうございます。よかったら私のことも由衣って呼んでください！」

「うん、よろしくな由衣」

そんなこんなで俺と由衣はボス部屋に入り、一撃でハーピーをぶっ殺した。

「おー」

空に飛ぶハーピーを一撃で倒した俺を見て、由衣はぱちぱちと両手を叩《たた》いていた。

『ダンジョン攻略報酬　レベルが５アップしました』

着地と同時に、脳内にシステム音が鳴り響く。これで３９９レベルになった。

由衣にも同じことが起きているはずだ。そう思い彼女を見ると、笑みをこぼしていた。

「ありがとうございます、凛さん。おかげで85レベルになりました！」

「……85？」

その数字を聞き、俺はとある疑問を抱いた。

今レベルが85になったということは、先ほどまで由衣のレベルは80だったのだろう。80レベルはここ夢見ダンジョンに入るための最低基準だ。ただ、最低基準はあくまで最低基準であり、ダンジョン内での安全が保障されるレベルからはかけ離れている。

夢見ダンジョンに入る場合は、最低でも１００レベル以上の冒険者が多い。それ以下の者はそもそもパーティーにすら入れてもらえないだろう。だというのに、なぜ由衣が一時的にとはいえパーティーの一員として最下層までやってこられたのか気になった。

先ほどは服装を見て魔法使いじゃないかと予想したが、もしかして由衣は……。

「もしかして、由衣はヒーラーか？」

「はい！」

「なるほど、そういうことか」

元気いっぱいに頷《うなず》く由衣を見て、俺は納得した。

冒険者には色々なタイプが存在する。剣士、タンク、魔法使いとその種類は多岐にわたるが、その中でもヒーラーは特に珍しい。ステータス獲得時にヒーラー系のスキルを保有している者は、その時点で冒険者としての将来が約束されると言われているくらいだ。

そのため多少レベルが低かったとしても、ヒーラーはどのパーティーからも引く手あまたなのである。

「っと、そろそろ時間か」

そうこうしているうちに、淡い光が俺と由衣の体を包み込む。

帰還用の転移魔法が発動する合図だ。

素早くハーピーから魔石を取り出した直後、俺と由衣は帰還区域へと転移するのだった。

◇◆◇

「ははっ、一時はどうなるかと思ったけど何とかなったな」

「ええ、あの子には悪いことをしたけど、あんな状況だったんだし仕方ないわよね」

「けどダンジョン管理人にはどう説明する？　五人で入ったのに四人で出てきたとなりゃ、色々と疑われそうだけど……」

——帰還区域に戻ってきた俺たちの耳に飛び込んできたのは、男が三人、女が一人といった四人組の話し声だった。

この場に他の冒険者がいないのをいいことに、激しく議論を交わしている。

そんな彼らを見て、由衣は表情をひきつらせていた。

「り、凛さん……」

「分かってる。俺の後ろにいろ」

由衣がそんな反応を見せる理由は、俺にもすぐ分かった。

俺は由衣の前に立ち、できるだけ彼らを視界に入れさせないように心掛ける。

しかし、彼らはすぐ俺たちの存在に気付いた。

「お、おい、見ろよ。葛西がいるぞ」

「えっ？　……ほんとだ。でもなんで？　あそこからどうやって生き延びたんだ？」

「おいバカ、他の奴がいる前でそれを口にするな！」

男が仲間に向かってそう叫ぶと、わざとらしい笑みを浮かべてこちらに近付いてくる。

由衣は怖がっているのか、後ろから俺の服をぎゅっと握った。

「よ、よう葛西、無事だったみたいだな。俺たち皆、お前のことを心配して――」

「近付くな」

俺は腕をかざし、男が由衣に近付くのを防ぐ。

それを見た男のこめかみがピクリと動いた。

「……えっと、あんた、誰？」

「俺のことなんてどうでもいいだろ。それよりも、由衣からもうお前たちが何をしたのかについては聞いた。残念だけど隠そうとしても無駄だ。今からダンジョン管理人に報告する。最低でも、冒険者資格の剥奪は免れないだろうな」

「っ、てめぇ！」

その瞬間、男の顔色が変わった。焦燥と怒りが入り混じった表情を浮かべたかと思えば、腰元にある剣を抜いて切っ先をこちらに向ける。

「リーダー、まさか!?」

「ああ、コイツらを始末する！　そうすりゃ俺たちがやったことはバレない！」

「……本気なのね？」

「当たり前だ！　せっかく得たこの特権階級を、こんなところでドブに捨てるわけにはいかねぇ！　お前らも早く武器を構えろ！　他の冒険者が来る前に片付けるぞ！」

男の言葉を聞いた残る三人は顔を見合わせた後、覚悟を決めたように武器を構えた。

どうやら、男の考えに乗ると決めてしまったようだ。

それほどまでに冒険者資格の剥奪を避けたいんだろうが……だからといって、ここにきてさらに罪を重ねようとするコイツらの考え方は、とてもじゃないけど理解できない。

「特権階級とやらのために、そこまでするのか」

「ああ、そうだ。お前も冒険者なら分かるだろ？　俺たちはちょっとダンジョンに潜るだけで、簡単に他人より優れた力を手に入れられるし、金や名声だって得られる。この快感を知った後に、どうして他の凡人たちのもとにまで成り下がらなくちゃいけないんだ？」

「……分かった、もういい」

「ほう？　思ったより物分かりがいいじゃないか。いいぞ、頭を地につけて謝るなら、特別に命だけは助けて――」

「違う、これ以上の会話は時間の無駄だと言ったんだ。さっさと終わらせるぞ」

「なっ⁉　テメェ！」

男は額に青筋を立てる。今すぐにでも襲い掛かってきそうな形相だった。

「凛さん……」

「大丈夫だ」

由衣には俺の服から手を離してもらい、四人の前に出る。

鑑定は人間相手に使用できないため彼らのレベルは不明だが、グレイウルフの群れ相手に逃亡を選ぶくらいだ。俺の相手にはならないだろう。

そう判断した俺は、短剣を構えることなく素手で迎え撃つことにした。

それを見たリーダー格の男がはっと笑う。

「はっ、こりゃまた傑作だな。まさか四人相手に素手で勝つつもりか？　バカな奴《やつ》だとは思っていたが、まさか正常な判断もできなくなっているとはな」

「……いや、考えが足りないのはお前らだろ」

「ああっ!?」

　冷めた声でそう言ってやると、男はキレた。

　俺は気にすることなく続ける。

「だってそうだろう？　頭に血が上っているから忘れているのかもしれないが、由衣がここにいるってことは、誰かがグレイウルフの群れを倒したってことだぞ」

「……っ！」

　目を見開く男に向けて、俺は言った。

「それを誰がやったかくらいは、さすがに理解できるよな？」

「――ッ！　黙れ！　やれ、亜美《あみ》！」

「っ、ファイアボール！」

　真っ先に仕掛けてきたのは魔法使いである女冒険者だった。放たれたのは炎属性の初級魔法、ファイアボール。サッカーボール大の炎の球が勢いよく俺に迫ってくる。

　が――

「甘い」

「そんなっ！」

軽く手を払っただけで、炎の球は明後日《あさって》の方向に飛んでいった。

その際に俺のＨＰが20ほど減少するが、総量に比べたら微々たるものだ。

「次はこっちの番だな」

そう小さく呟《つぶや》いた後、俺は地面を強く蹴り、彼らに接近した。

「っ、亮《りょう》！」

「ああ！」

まずはリーダー格の男を片付けようと思ったのだが、間に盾を持ったタンクが立ちはだかった。タンクを躱《かわ》して奥を目指すのもいいが、後ろに由衣がいるということもあり、あまり時間はかけたくない。ここはあえて真正面から打ち破る。

小細工なしに迫る俺を見て、タンクは嘲笑《あざわら》うように大声を上げた。

「ははっ、バカが！　タンク相手に真正面からくるなんて、やり返してほしいと言ってるようなもんだぞ！　喰《く》らえ、カウンター・インパクト！」

タンクの持つ盾が青く光る。

これは確か、与えられた衝撃をそのまま相手に跳ね返すスキル。

衝撃の強さに応じてＭＰを大量に消費するかなり強力な技だ。

だがその反面、弱点も存在する。

「はあッ！」

全力でタンクの盾を殴打すると、青色の光は弾《はじ》け、俺の拳は盾を貫いた。

「な、何が起こった⁉」

「単純な力の差だ」

発動に必要なＭＰが足りない場合、このスキルは不発となる。俺の攻撃力に耐えられるほどのＭＰをこのタンクが保有していなかった。ただそれだけの話だ。

「隙だらけだぞ」

「ぐはっ！」

驚愕《きょうがく》したまま立ちつくすタンクの腹部に殴打を浴びせ、意識を奪う。

それを見たリーダー格の男が焦燥した様子で叫んだ。

「ありえねぇ、ふざけんな！　なんなんだその力は！　なんでお前みたいなのがこんな場所にいるんだよ！」

そんなリアクションになるのも仕方ない。攻略推奨レベル１２０のダンジョンに４００レベル近くある冒険者がいるなんて、普通は考えもしないだろうからな。

だが、親切にその理由を説明してやるつもりはない。

「そろそろ終わらせよう」

「――くそッ！」

そこからは一瞬だった。

剣士二人が協力して斬りかかってくるも、今の俺からすれば止まっているも同然。軽いステップで攻撃を躱したのち、一人には殴打を、もう一人には回し蹴りを浴びせる。

宙を舞ったリーダー格の男が、初撃以降戦闘に参加できていなかった女冒険者の前にどさりと落下する。それを見た彼女は「ひっ」と声を上げた。

これで三人は気絶。俺は残る女冒険者に視線を向ける。

「まだ続けるか？」

そう問うと、彼女は恐怖に支配されたかのような表情のまま杖《つえ》を手放し、両手を上げた。

カランカランと、杖が地面に落ちる音だけが空間いっぱいに広がる。

「こ、降参よ！　降参するわ！」

高らかに降参を宣言する女冒険者。

かくして、俺と冒険者たちの戦いはあっけなく幕を閉じるのだった。

その後、俺は男たちの身柄をダンジョン管理人に引き渡した。

由衣の証言や、女冒険者が素直に認めたこともあり、引き渡し自体はあっさり済んだ。

数十分後に目覚めた男たちも全てを諦めたように自白を行っていた。

ダンジョン管理人いわく、彼らにはかなり重い処罰が下されるとのことだった。

その後、現場に訪れたダンジョン協会本部の者や警察の人間から事情聴取を受けること数時間。俺と由衣はようやく解放されるのだった。


解放されたはいいものの、さすがにそこからダンジョンを周回する気にはなれなかった。

そもそも由衣にはダンジョンを攻略するところを見られているし……。

というわけで、今日は素直に帰ることにした。

夢見ダンジョンの最寄り駅に辿《たど》り着いたタイミングで、由衣は深く頭を下げる。

「凛さん、今日は色々と助けてくださり、本当にありがとうございました。凛さんがいなければ、どうなっていたか分かりません」

「どういたしまして。今度からはしっかりと準備してからダンジョンに挑むんだぞ。パーティーメンバーの選択も慎重にな」

「はい、そうします……」

今回の件について、自分にもある程度の落ち度はあったと理解しているのだろう。

由衣は気恥ずかしそうに肩を落としていた。

しかし、それも一瞬のことで、

「あっ、そうです！　凜さん、よかったら連絡先を教えてもらえませんか？」

「連絡先？」

「はい！　前々から、頼れる冒険者の知り合いがほしいなって思っていて……あ、あとあと、今回の件についても、また改めてお礼がしたいので！」

「そういうことなら」

スマホを取り出し、お互いの連絡先を交換する。

すると、由衣は自分のスマホを両手で大事そうに握り締め、満面の笑みを浮かべる。

「えへへ、ありがとうございます、凜さん！」

「――――」

女性から屈託のない笑みを向けられたのなんていつ以来だろうか。

胸が高鳴るのも許してほしいところである。

そんな風に考えていると、駅のホームに電車がやってくる。

帰り道は逆方向なため、ここで解散だ。

「あっ、電車が来ちゃいましたね。それじゃ凜さん、また今度です！」

「ああ、またな」

別れの挨拶を交わし、俺は帰路についた。

「３９９レベルはキリが悪いな……よし！」

その途中、紫音ダンジョンに寄った俺は一周し、レベルを４００まで上げるのだった。

【天音　凛】
レベル：４００　ＳＰ：５１０
ＨＰ：３２４０／３２４０　ＭＰ：７６０／７６０
攻撃力：８２０　耐久力：６００　速　度：８６０
知　力：５７０　抵抗力：６００　幸　運：５５０
スキル：ダンジョン内転移LV10・身体強化LVＭＡＸ・高速移動LV３・鑑定・アイテムボックスLV１

第二章　高速レベルアップ

夢見《ゆめみ》ダンジョンで一騒動あった日の夜。

俺はさっそく５００ＳＰ《スキルポイント》をダンジョン内転移《ないてんい》に注ぎ込んだ。

『ダンジョン内転移のスキルレベルが11に上がりました』

『転移距離が変更されます』

『最大で20メートル→最大で50メートル』

【ダンジョン内転移LV11】

使用ＭＰ：３ＭＰ×距離（Ｍ）。

条　件：発動者が足を踏み入れたことのあるダンジョン内に対してのみ転移可。

転移距離：最大で50メートル。

発動時間：２秒×距離（Ｍ）。

対象範囲：発動者と発動者が身に纏《まと》うもの。

「おっ、転移距離が一気に２・５倍か」

５００ＳＰを注ぎ込んだこともあり、なかなかの成長度合いだ。

ただ、予想を超えるほどのものではなかったが。

それに正直なところ、転移距離が増えてもあまり恩恵を感じることはできない。

現在、俺がダンジョン内転移を使用するのは再挑戦期間《スパン》を無視してダンジョンに挑む場合に限られているからだ。20メートルも50メートルも大した違いではない。

今回のスキルレベル上げは残念な結果に終わったが、次の機会に期待しよう。

そう意識を切り替えようとした、その時だった。

「っ……待てよ」

頭の中に一つの考えが浮かび上がる。その考えを現実のものにすることができれば、俺のレベルアップ効率はさらに上がるはずだ。

「よし、さっそく明日試してみるか」

翌日。俺はいつものように夢見ダンジョンにやってきた。

そしてダンジョン管理人が昨日と違う人だということを確認し、ほっと胸を撫《な》で下ろす。

昨日事情聴取を受けた際に、由衣《ゆい》と一緒にボスを倒して帰還区域《きかんくいき》に戻ってきたことを話したため、なぜ今日もダンジョンにいるのか疑われる可能性があったからだ。

ダンジョン管理人さえ違えば、いくらでも誤魔化《ごまか》しようがある。入退場の際に冒険者カードを当てる機器は、攻略記録まで取っているわけじゃない。

というわけで。帰還区域まで下りた俺は、人がいないタイミングを見計らってダンジョン内転移を発動した。

「ダンジョン内転移——よし、やるか」

ダンジョンの中に入った俺は、さっそく昨日の考えを実行してみることにした。

その考えとはつまり、ダンジョン内転移を使った階層間移動だ。

下の階層に繋《つな》がる階段に辿り着くまでに数分かかるところを、ダンジョン内転移でショートカットすることができれば、周回効率は格段に跳ね上がる。

ちなみに、初めてこの方法を思いついたのは冒険者になってすぐのことだった。

しかし、当時のダンジョン内転移の転移距離は最大で5メートル。

階層と階層の距離が10メートルほどあるダンジョンでは、空中に投げ出されてしまう危険性があるため実現しなかった。

　そしてスキルレベルを上げ、転移距離が最大で10メートルを超えてからも、幾つかの障害があった。

　一つは、転移先に大量の魔物がいた場合、俺一人での対処が難しいこと。

　もう一つが、ダンジョン内転移を何度も使用するために必要なＭＰ《マジックポイント》を、俺が保有していなかったということだ。

「けど、今の俺ならどっちの条件も満たしている。ＭＰは７６０もあるし、夢見ダンジョンの魔物くらいなら、１００体同時に襲ってきても敵じゃないからな」

　そんなわけで、問題がないことを確認した俺はさっそくこの方法を試してみた。

「ダンジョン内転移」

　ダンジョン内転移を発動すると、予想通り一階層から二階層までの移動に成功する。

「よし、成功だ！」

　この調子で進めていこう。

　さっきは10メートルしか転移しなかったが、今度は思い切って50メートル――つまり五階層を一度に移動する。ＭＰの消費量や発動時間に変わりはないが、こうすることによって他の冒険者や魔物に遭遇する可能性を減らすことができるのだ。

その後も順調に転移を続け、とうとう最下層である十六階層に到着した。

ここに辿り着くまでの合計転移距離は、およそ１５０メートル。

合計発動時間は、１メートル転移するのに必要な時間が二秒なため、それを乗算すると三百秒。戦闘を含めたその他諸々《もろもろ》の時間を合わせても六百秒――十分以内で済んだ。

前回まではダンジョンを一周するのに一時間近くかかっていた。

それがダンジョン内転移を利用することによって、６分の１にまで攻略時間を短縮することが可能になった。これでさらなるレベルアップが見込めるはずだ！

「よーし、やるか！」

そんな期待を胸に攻略を再開する。

しかし二周目にて、この方法には大きな問題があると気付いてしまった。

「ＭＰが、圧倒的に足りない……！」

そう、その問題とはＭＰについてだ。今の俺のＭＰ総量は８００近く。これだけあれば十分かと考えていたのだが、とんだ思い違いだった。

ダンジョン内転移を発動するのに必要なＭＰは、１メートルにつき３ＭＰ。

つまり、一回の攻略で４５０ＭＰも使用してしまうのだ。

「うーん、これだと二周目の途中でＭＰが切れちゃうんだよな。それでも一時間以上短縮できるから、かなり助かりはするんだけど……帰還区域からダンジョンに入るためのＭＰは残しておかないといけないし、何か他にいい方法はないか？」

ぱっと思いつくのは魔力回復薬を使用することだ。

しかし冒険者の生命線であるＭＰを回復させてくれるだけあって、魔力回復薬はかなり高価である。ＭＰを１００回復してくれる低級のものでも、一万円を超えていたはず。

このダンジョンを一周攻略するためには、それが四本以上必要となる。

対して、夢見ダンジョンを一周攻略することで稼げるのは、攻略報酬の魔石とハーピーから取れる魔石を合わせても一万五千円程度。

これでは一周するごとに三万円近くの損失が出てしまう。とんだ赤字だ。

金でレベルが買えると考えれば、そう悪いレートではないんだが……俺と華《はな》の生活は、両親が残してくれたお金に加え、俺が冒険者として稼いだ金で賄われている。

できれば避けたいところだ。

「くそっ……諦めるしかないのか？」

その場で地団駄を踏む。ダンジョンの硬い地面からは、重い衝撃が返ってきた。

せっかくあと一歩のところまできているんだ。

あと少しでも効率を上げることができれば、もっと早くレベルアップできるのに……！

「いや——待てよ」

と、ここで俺は一つの解決策を思いつく。

「ＭＰが足りない問題を解決する方法は一つしかないわけじゃない。魔力回復薬が使えないなら、そもそも消費量を減らしてしまえばいいんだ」

俺がダンジョン内転移を使用しての階層間移動を思いついた、冒険者になりたての頃。

転移可能距離は最大5メートル。階層間の距離が10メートル前後あるダンジョンでは空中に放り出されてしまう恐れがあり、実現は難しかった。

けれどよくよく考えてみたら、それは大した問題ではないのかもしれない。

当時の弱々しいステータスならばともかく、４００レベルを超えた今の俺ならば、10メートル上空から落下したところでダメージを負うことはない。

ここまで言えば、勘のいい人なら気付くだろう。

俺がどうやってＭＰの問題を解決するつもりなのかを。

「さっそく試してみるか——ダンジョン内転移」

転移距離は、10メートルから2メートルに。これによって消費ＭＰは5分の1になる。

四秒後、俺は一つ下の階層の空中に浮かんでいた。

「うおっ！」

突然の浮遊感に驚くが、さしたる問題ではない。空中で体勢を整え、華麗に着地する。

「よし、これならいけそうだな」

これだけＭＰを節約できれば、一周の攻略時間が十分以内のハイペースでも、問題なく七〜八周はできるはずだ。

デメリットがあるとすれば、転移先に他の冒険者がいた時とんでもなく気まずいという点だが、あえて考えないようにしておく。その事故が起きた時に改めて考えるとしよう。

その後も順調に一つ下の階層に転移し続け、二周目の攻略を終えた。

『ダンジョン攻略報酬　レベルが５アップしました』

「解決策を見つけたとはいえ、今日はもうこの方法は使えなさそうだな……」

一周目と二周目の途中までは大量にＭＰを使用していたこともあり、現在のＭＰは残りごくわずか。これ以上この方法で攻略を続けるのは困難だ。

ここからは、前日までの攻略方法に切り替える。すなわち速度に頼った周回だ。

その後、夢見ダンジョンを十二回攻略することができた。

最初の二回を合わせれば計十四回。今日一日で、70レベルもアップした。

俺のレベルは４７０になり、ＳＰが新たに７００溜《た》まる。

色々と考えた結果、俺は新たに二つのスキルを獲得することに決めた。

魔力上昇LV１（必要ＳＰ：２００）
魔力回復LV１（必要ＳＰ：２００）

この二つは名前の通り、ＭＰの総量と回復量を上昇させるスキルであり、今の俺には一番必要なものだと思った。今回みたいにダンジョン内転移を連発するために必要なＭＰが足りなくなるのは困るからな。

それに、仮にダンジョン内転移がなかったとしても、ＭＰは冒険者にとっての生命線だ。多ければ多いに越したことはない。

「よし、とりあえずはこんなところか」

明日からはもっと効率良くレベルアップしていこう。

そう思いながら、俺は家に帰る。

夢見ダンジョンを攻略するのは、明日が最後になってしまうと知る由もないまま。

◇◆◇

翌日。

夢見ダンジョンにやってきた俺は、さっそく昨日編み出した方法でダンジョンを攻略していき、瞬く間のうちに十六周を終えた。

「よし、まだまだいくぞ」

朝早くに来たこともあり、これだけ攻略を繰り返してもまだ正午を過ぎたあたり。

集中力が限界に達するまではもう少し余裕がある。

この調子ならば、軽く二十周を超えるであろうと思った矢先だった。

『ダンジョン攻略報酬　レベルが5アップしました』

十七周目。ボスのハーピーを倒すと、いつものようにシステム音が脳内に鳴り響く。

想定していなかった現象が訪れたのは、この直後だった。

『貴方《あなた》は本ダンジョンを規定回数攻略しました』

『ボーナス報酬　レベルが15アップしました』

『今後、貴方が本ダンジョンを攻略しても報酬は与えられません』

『称号：【ダンジョン踏破者《とうはしゃ》】を獲得しました』

「……なんだ、これは？」

それは、今まで聞いたことがないようなシステム音だった。

規定回数？　ボーナス報酬？　ダンジョン踏破者？　いったい何の話だ？

色々と疑問が浮かび上がるが、そんなことを考えている間に帰還用の転移魔法が発動し帰還区域に戻される。

そこで俺はいったん攻略を中断し、今の出来事が何であったかを考える。

「規定回数やダンジョン踏破者はともかく、ボーナス報酬ってのは聞き覚えがあるな」

通常とは違うシチュエーションでダンジョンボスを倒した場合に、ボーナス報酬は与えられる。たとえば俺が愛用している夢見の短剣は、夢見ダンジョンを初回かつソロで攻略した際に与えられるボーナス報酬だ。

その他にも、通常のボスよりも強力なエクストラボスを倒した時など、様々な状況でボーナス報酬は与えられる。だからボーナス報酬自体はそこまで特別な何かではない。

「となると、むしろ気になるのはこっちだな」

俺が気になったのは『規定回数』という単語と、『今後、貴方が本ダンジョンを攻略しても報酬は与えられません』という文言だった。

言葉通りに受け取るなら、ダンジョンには一人の人間が攻略できる回数が定められており、俺はそこに到達したという意味だろう。

そして、それを超えて攻略したとしても報酬はもらえないというわけだ。

いったん、これまでに俺が何度夢見ダンジョンを攻略したのか思い返してみた。

ダンジョン内転移がLV10になる前は一回、それ以降はえっと……六十九回。合計七十回。

つまり、夢見ダンジョンの規定回数は七十回というわけか。

「確かに一週間のスパンがある中、同じダンジョンを七十回も攻略する奴《やつ》なんていないよな。多くても十回やそこらで、レベルが上がったら次に行くはずだ」

もしかしたら同じダンジョンを何回も攻略する物好きがいるかもしれないが……だとしても可能性は低いだろう。

というのも、基本的にダンジョンは発生から三～五年で消滅するようになっている。

きっかけは様々だが、基本的にはどこかのパーティーがボスを討伐した際、突如としてダンジョンが消滅するのだ。

そんな事情があるため、数年単位で同じダンジョンを攻略する者はほとんどいない。

「だから、これまで誰もこの仕組みに気付くことがなかったのかな？」

となると、俺が世界で初めて規定回数という仕組みを知ったことになるが……。

「他の冒険者には、このことは伝えないほうがいいだろうな」

その情報を入手した経緯を訊《き》かれたら、ダンジョン内転移について説明せざるを得なくなる。

それにたとえこの情報が広まったとしても、他の冒険者が活用することは難しいだろう。

普通の冒険者ならば、ダンジョンを七十回クリアするのに一年以上かかる。

それで与えられるボーナス報酬が15レベルアップでは割に合わないはずだ。

「いや、待て。そう言えばもう一つ、称号を獲得したって言ってたよな？　それはいったいなんなんだ？」

気になった俺はステータス画面を開いてみる。するとステータスの中に称号欄が追加されており、そこにはダンジョン踏破者と書かれていた。

【天音《あまね》　凛《りん》】

レベル：５７０　ＳＰ：１３１０

称号：ダンジョン踏破者（１／10）

ＨＰ《ヒットポイント》：４５６０／４５６０　ＭＰ：３４０／１１４０
攻撃力：１１６０　耐久力：８６０　速　度：１２２０
知　力：８１０　抵抗力：８６０　幸　運：７９０
スキル：ダンジョン内転移LV11・身体強化LVＭＡＸ・高速移動LV３・魔力上昇LV１・魔力回復LV１・鑑定・アイテムボックスLV１

【ダンジョン踏破者（１／10）】
・ダンジョンを踏破した者に与えられる称号。
・特定数のダンジョンを踏破することによって、ある恩恵が与えられる。

「……ふむ」

　それを見て、俺は顎に手を当てた。

　称号についてはもともと知っている。獣系や鳥系の魔物を一定数討伐するだとか、長期間同じ武器を使い続けるだとか、多くの冒険者に治癒魔法をかけただとか。そんな感じで特定の条件をクリアすることによって称号は与えられ、攻撃力アップや魔力効率上昇など様々な恩恵を受けることができるのだ。

しかし、称号を得られるのは冒険者の中でもごく一部。そのほとんどはBランク以上だったはずだ。例に漏れることなく、俺もこれまで称号を得られることはなかった。

俺はダンジョン踏破者の説明を読んでいく。

ダンジョンを踏破するとは、同ダンジョンを規定回数クリアしたという意味だろう。

それを何度も繰り返し特定数を超えることで、恩恵が与えられるのだという。

説明はここで終わっていた。具体的にどのような恩恵が与えられるかは書いていない。

となると、これはおそらく……。

「ダンジョン踏破者の後ろの（1／10）のうち、10が特定数で、1が踏破したダンジョンの数ってことだよな？　少なくとも10個のダンジョンを踏破しない限り恩恵は与えられないのか。先は長いな……」

けれど、これで新しい目標が生まれたのは素直に嬉《うれ》しい。

ただでさえレベルアップのために、ダンジョンを繰り返し攻略していたのだ。その先に、レベルアップ以外にも得られるものがあると分かれば、ますます頑張る気になる。

「踏破するダンジョンがどこでもいいんだったら、次は紫音《しおん》ダンジョンかな？　攻略しても1しかレベルが上がらないのは残念だけど、攻略自体は簡単だから踏破もすぐに終わるだろ」

　今後の方針は決まった。

　もう夢見ダンジョンに用はないし、後は帰宅するだけだが……。

「そうだ。報酬はもらえないにしても攻略自体はできるのか？　攻略報酬じゃなくて、ダンジョン内の資源が欲しくなることがあるかもしれないしな。一応、試しておくか」

　確認の意味を込めて、俺は最後にもう一度だけ夢見ダンジョンに挑戦する。

　結果、無事にダンジョンの中に入ることができた。

　続けてボスのハーピーとも戦うことはできたが、やはり攻略報酬が与えられることはなかった。しかし転移魔法は変わらず発動するようで、帰還区域に戻される。

「ふむ、やっぱり報酬はもらえないのか。夢見ダンジョンは迷宮資源に魅力がないから、もうくることはないかもな」

　それでも、俺をここまで成長させてくれた夢見ダンジョンには恩がある。

　深い感謝の気持ちを抱きながら、俺はこの場を去るのだった。

　帰宅後。今日の攻略で溜《た》まったＳＰをどう使おうか考えようと思ったのだが……。

「ふあぁ、無理だ、眠い。先に寝よう」

ダンジョン内転移が覚醒してから、約10日間。

ただひたすらにダンジョンを攻略し続けてきた。

夢見ダンジョンを踏破したことで緊張の糸が切れてしまったのだ。

そして俺はそのまま、翌日の朝までぐっすりと眠り続けるのだった。

◇◆◇

「んぅー、良く寝たー」

ベッドの上で体を伸ばした後、リビングにいくと、キッチンに立っていた華が「あっ」とこちらを見る。

「お兄ちゃん、ようやく起きたの？　いくら起こしても起きないから死んだのかと思っちゃったよ」

「悪い、かなり疲れが溜まってたみたいでな。ってあれ？　朝食にしてはやけに豪華だな」

「何言ってんの、昨日の夕食の残りだよ。せっかく腕によりをかけて作ったのにお兄ちゃんが食べてくれなかったから……しくしく」

「なんて分かりやすいウソ泣きなんだ……悪かったよ。いただきます」

朝食にしてはかなりヘビーなご飯だったが、昨日の夕食を食べてないこともあってすんなりと腹に入っていく。

「ところでお兄ちゃん。半日以上も眠り続けるくらい疲れが溜まってたなんて、そんなに冒険者のお仕事は大変なの？」

「ん？　ああ、大変っちゃ大変だが、別に今回はそういうのじゃないぞ。攻略が良い感じに進んでてな、つい疲れを忘れて頑張りすぎただけだ」

「ふーん、それでもたまには休みを取った方がいいと思うよ？　そうだ！　お兄ちゃん、今日は何か用事ある？」

「いや、急ぎの用はないけどダンジョンには行くつもりかな」

「さっきの言葉が聞こえてなかったの？　たまには休みなって」

「む……確かにそれもそうだな」

華の言う通り、ここ最近は根を詰めていた気がする。

一度、ゆっくりと休養を取った方がいいかもしれない。

それにしても華がここまで俺の体調に気を使ってくれるなんて……お兄ちゃん嬉しい。

そう感激した直後、華は満面の笑みを浮かべる。

「うん、ちゃんと休むのは偉いぞ！　というわけで、今日は荷物持ちとして私の買い物に付き合ってね、お兄ちゃん」

「感動を返して」

全然休ませる気ないじゃん。ちょっと本気でびっくりしたよ。

……けど、思い返してみれば、華と一緒に出かけたのはずいぶん前だな。

たまにはそういうのもいいかもしれない。

そんなことを考えている間にも、華は期待を込めた目で俺を見つめていた。

「はぁ、分かった。付き合うよ」

「ありがとっ！　それでこそお兄ちゃん！」

とまあそんなわけで、華と一緒に買い物に行くことになった。

朝食を食べ準備を終えた後、俺と華は電車に乗って都心にやってきていた。

俺は特に欲しいものがないので、基本的には華の行きたいところに行く感じだ。

人が多くいる道を歩いていると、華が「あっ」とある方向を指さした。

「見て、クレープだよお兄ちゃん。寄って行こっ」

「分かった分かった」

手を引っ張られるまま、クレープ屋の列に並ぶ。

店頭に置かれているメニュー表を見ながら、華は目を輝かせていた。

「私はストロベリーのにしよっと。お兄ちゃんは何にする？」

「そうだな……じゃあ、チョコバナナで」

俺の答えを聞いた華は、大きく目を見開いた。

「あれ？　お兄ちゃんがこういうの買うのって珍しいね。いつも何買うか訊いても、俺はいいって断るのに。突然どうしちゃったの？」

「……む」

確かに俺はこれまで余計な出費を控えようとして、こういう時は華の分だけ買っていた。しかし、今はダンジョンで稼いだお金がある。ちょっとくらいの贅沢《ぜいたく》は許されるだろう。

そんな事情を説明するのもなんなので、言い訳を考えてみた。

「昨日から甘党になったんだ」

「昨日から!?　な、何があればそんなことに……」

驚愕《きょうがく》する華。うん、どうやらうまく誤魔化《ごまか》せたみたいだな！

その後、クレープを受け取った俺たちは近場のベンチに腰掛ける。

「いっただきまーす。うーん、甘酸っぱくておいしい！」

「ん、美味《うま》いな」

甘みがあってとても美味い。こういうのも久々にはいいもんだな。

「お兄ちゃん、そっちも一口ちょうだい」

「ん？　ああ……っと」

クレープを包む紙ごと渡そうとしたのだが、華は口を大きく開けてそのまま齧《かじ》りついてきた。なかなかアグレッシブな行動に驚きながら様子を見ていたのだが、その意図を華は少し勘違いしたようだった。

「お兄ちゃんも、こっちのが一口ほしいの？　仕方ないな、あ〜ん」

華は柔らかな笑みを浮かべながら、自分のクレープを俺に差し出した。

別にそういうつもりではなかったが、せっかくだ。ありがたく頂くことにしよう。

そんな考えのもと俺がクレープに顔を近付けた、次の瞬間だった。

「えっ……？　凛さんに、華ちゃん？　どうして二人が一緒に……？」

どこかで聞いたことのある声が鼓膜を震わせる。

見ると、そこには先日会ったばかりの少女、由衣《ゆい》が立っていた。

「由衣？」

「由衣先輩!?」

俺と華の声が重なる。どうやら華も由衣のことを知っているみたいだ。

「華、由衣と知り合いなのか？」

「う、うん。学校の先輩なんだ。ていうかお兄ちゃんが知り合いなほうが驚くんだけど、どんな関係なの？」

「この前ダンジョンで知り合ったんだよ……って、どうしたんだ、由衣？」

由衣は、ぽかーんと間抜けな表情のまま突っ立っていた。

俺の問いかけによって、はっと普段の姿を取り戻す。

「ご、ごめんなさい、二人が一緒にいるところに声をかけてしまって。まさか二人がそんな関係だとは知らなくて……」

「そんな関係？」

俺と華が兄妹であることを言っているのか。

まあ説明したことがなかったんだから、知らないのも仕方ないだろう。

と、思ったのだが。

「まさかお二人が、そんなラブラブなカップルだったなんて……」

「「カップル!?」」

どうやら由衣はすごい勘違いをしているらしい。

「ちょっと待て、俺と華はカップルじゃない。というかこの前、知り合いに天音って奴《やつ》がいるって言ってなかったか？　それって華のことだろ？　ここまで言えばもう分かるよな？」

「な、なるほど。それはつまり――」

ようやく兄妹と分かってもらえたみたいで、ほっと胸を撫《な》で下ろ――

「――学生結婚、というわけですね！」

「ちげぇよ！」

――せなかった。どう考えたらそうなるんだ。

深いため息をつく俺の横では、華が苦笑いを浮かべる。

「あはは……相変わらず、思い込みが激しいみたいだね」

「元からこうなのか……」

呆《あき》れながらも、俺たちは再度説明を試みる。

由衣に俺たちが兄妹だと理解してもらえたのは、それから五分後のことだった。

「変なこと言っちゃって、ごめんなさい！」

由衣と遭遇後、俺たちはせっかくということで近場のファミレスに入った。

由衣は深く頭を下げて、俺と華に謝っている。

「顔を上げてくれ。別に被害を被ったわけじゃないし、怒ってないから」

「そうですよ、由衣先輩。それに先輩があたふたしてるところ、見てて楽しかったので何の問題もありません！」

「それは私に問題大アリだよぉ……」

自分の行いを思い出したのか、由衣は恥ずかしそうにテーブルに突っ伏す。

その様子を見ながら、俺は追い打ちをかけた華のS気質に戦々恐々としていた。

そんなことを話しているうちに、パフェが二つ運ばれてくる。華と由衣の分だ。

「いっただきまーす！」

嬉《うれ》しそうにスプーンを手に食べ進める華。

そんな彼女とは対照的に、由衣は申し訳なさそうに俺を見る。

「あの、凛さん。本当にご馳走《ちそう》になってもいいんですか？　ただでさえご迷惑をおかけしたのに」

「もちろん。高校では華もずいぶんお世話になっているみたいだからな、そのお礼だと思ってくれたら嬉しい」

「わ、分かりました。それじゃあ、いただきます」

美味《おい》しそうにパフェを食べる二人を見ながら、俺はブラックコーヒーを持ち上げる。

さっきクレープを食べたから、ドリンクだけで十分だ。

しかしながら、俺と同じ立場なはずの華は余裕でパフェを食べていた。

「華、お前よくそんなに食えるな。さっきので腹が膨れなかったのか？」

「ふっふっふ、知らないの、お兄ちゃん？　女の子にとってデザートは別腹なんだよ！」

お前さっき食ってたのもクレープだっただろうが。

いや、もしかしたら華には別腹が二つあるのかもしれない。

なんて冗談はともかく、呆れながらも手に持つブラックコーヒーをすする。

うん、女の子がいる手前かっこつけてブラックを頼んでみたが、何だこれ苦っ！

俺は二人にバレないようにそそくさと、コーヒーにミルクを入れた。

「えっ、凛さんも私たちと同じ高校だったの？」

「うん、そうだよ。だから由衣先輩とも一年はかぶってたんじゃないかな？」

そうこうしているうちに、華と由衣の会話は盛り上がっていた。

「そうだったんだ、気付かなかったよ……そっか。だったらこれからは、凛先輩と呼ばせていただきますね！」

「ん？　あ、ああ、どうぞ」

なんだかテンションが上がった様子の由衣に押し切られるまま頷《うなず》く。呼び方くらいそう

大した問題じゃないはずなんだが、由衣はずいぶんと楽しそうな表情だった。

「あっ、そうだ！　よかったら由衣先輩もこの後一緒に遊びませんか？　用事があったりするかもなので、無理にとは言いませんが……」

「用事はないけど……わ、私も参加していいのかな？」

由衣は少しだけ不安げな表情で、俺の様子をうかがう。

俺が嫌がるのではないかと心配しているみたいだ。

よし、不安の種を取り除いてやろう。

「心配するな。華の買い物は面倒な時も多いからな。それに付き合ってくれる奴が増えるのは俺としてもかなり助かる」

自分の立場としても、由衣がいてくれて助かると華麗に伝えたつもりだったのだが……。

「むぅ、お兄ちゃんサイテー」

「凛先輩、その言い方はちょっと……」

華と由衣は、俺に冷たい視線を向けていた。

……えっと、選択肢間違えたかな？

その後、俺たちはショッピングモールに行き、色々な店を見て回った。

華はもともと何かが欲しかったというわけではないらしく、ウィンドウショッピングを楽しみたかったとのことなので、ほとんど何も買わずに回っていく。

何も買うつもりがないなら、何で俺は荷物持ちとして呼ばれたんだろう？

……そういった疑問も浮かび上がるが、当然そんな野暮《やぼ》なことは言わない。また冷めた目で見られたら心が傷付いちゃうしね。

「ねえねえ、お兄ちゃん。これとこれ、どっちが似合うかな？」

「わあ、このネックレス素敵。値段は……うん、見なかったことにしよ」

流行《はや》りの服を体にあて意見を訊いてくる華に、手に取ったアクセサリーをそっと元に戻していく由衣。なんというか、完全に女子の買い物といった感じで、俺は一人置いてけぼり状態だった。

しばらくショッピングモール内を歩くうちに、俺は少し喉の渇きを感じた。

「ちょっと飲み物買ってくる」

「うん。この辺りにいるから早く戻ってきてね～」

華とそんなやりとりを交わした後、一時的にその場から離れる。

フロア内を一分ほど探し自動販売機を見つけた俺は、缶コーラを購入し、カシュッとタブを開ける。その直後、

「うおっ！」

別に缶を振ったりはしていないのだが、中からコーラが溢《あふ》れてくる。なんとか床に落ちないよう努力した結果、代わりに手がべたべたになった。

「これは……水で洗わないとな」

俺は急いで、近くのお手洗いに駆け込んだ。

数分後。

「ふぅー、大変な目にあった」

ハンカチで手を拭きながら、華たちのもとに戻る。

おかげで五分ほど時間がかかってしまった。まだ待ってくれてるといいんだけど……。

「おっ、いたいた」

そんな心配は必要なかったのか、戻った場所には由衣が立っていた。あれ？　華の姿が見当たらないが……。

ていうか、待て。

一瞬、由衣が一人でいると思ったのだが、よく見てみると彼女に話しかける二人の男の姿があった。

「ねえねえ、きみ、この後暇だったりしない？」

「も、申し訳ありません、用事があるので……」

「えー、いいじゃん、俺たちと一緒に遊ぼうよ。絶対にそっちの方が楽しいって！」

「…………っ」

というか、明らかにナンパされていた。

確かに、由衣はそこらのアイドルと比べても、見劣りしないほどに可愛《かわい》い。一人でいればあんな風に絡まれてしまうこともあるだろう。華はいったいどこにいったんだ？

……って、俺が言えることじゃないか。由衣を一人にしてしまったのは、俺が戻ってくるのが遅くなったからというのもあるだろうし。……よし、いくか。

俺は由衣のもとに急ぎ足で向かい、男たちとの間に割り入った。

「すみません。この子、俺の連れなんです」

「凛先輩……」

後ろからは由衣の安堵《あんど》の声が聞こえる。

問題はこの男たちが素直に引いてくれるかどうかだが……。

警戒する俺の前で、男たちは不満げな表情を浮かべて言った。

「なんだ、男連れかよ」

「ちっ、行こうぜ」

そんな言葉を残し、男たちは去っていく。

……思ってたよりあっさり引いたな。いや、これが普通か。間違いなく、自分に不満のある展開になったからといって剣を抜く奴に比べたらよっぽど常識的だ。

なんにせよ、ひとまず由衣が変な目にあわなくて一安心というものだ。

「悪いな、由衣。俺が戻ってくるのが遅れたせいで」

「い、いいえ！　むしろこちらこそごめんなさい。私、凛先輩に何度も助けられちゃってますね……」

しゅんと落ち込んだ顔をする由衣。その表情が、幼い頃の華にかぶって見えた。

「え、えっと、凛先輩？　この手は……」

「――はっ！」

しまった！　幼い頃の華をなぐさめていた時のように、つい無意識のうちに由衣の頭を撫でてしまった！

慌てて手を離すも、俺が由衣の頭を撫でた事実は消えない。えっ、これ、事案になったりしないよね……？

と、とにかく謝らなければ。

「ご、ごめん、悪気はなかったんだが、つい」

「そんな、謝る必要なんてないです！　全然嫌じゃありませんでしたから！　む、むしろ、もっとされたかったというか……」

後半は声が小さくよく聞こえなかった——と言いたいところだが、冒険者は一般人より五感も鋭いのでしっかり聞こえてしまった。

しかし、由衣自身が俺に聞こえていないと思い込んでいるようなので、その発言について深掘りするわけにもいかない。

俺と由衣の間に気まずい空気が流れだした、その時だった。

「いや〜、すごくびっくりっ。まさかお兄ちゃんと由衣先輩が、そんなに仲良しだったなんて……」

にやにや顔の華が、弾んだ声を出しながら近付いてきた。

どこからかは分からないが、俺と由衣のやりとりが見られてしまっていたらしい。

……恥ずかしさで、顔が真っ赤になりそうだ。

って、それよりも。

「華、その手に持っているアイスクリームはなんなんだ？」

「ふふん、よくぞ訊いてくれたね！　美味しそうだったから買いに行っちゃった！」

本日の総論。

華の別腹は三つあった。

それからもしばらくショッピングモールを回った後、俺たちは帰宅することにした。

「華ちゃん、今日は誘ってくれてありがと。すごく楽しかったよ！」

「由衣先輩にそう言っていただけて私も嬉しいです。また一緒に遊びましょうね」

女性陣は楽しそうに別れの挨拶を交わしていた。

「り、凛先輩……」

と思ったら、次は俺の番みたいだ。

「えっと、今日は色々迷惑かけちゃってごめんなさい。でも、凛先輩と遊べて嬉しかったです。また機会があれば、よろしくお願いします！」

「ああ、こちらこそ」

俺は軽く手をあげて、由衣の言葉に応えた。

その後、帰り道が違う由衣とは別れ、俺と華は二人で帰路につくのだった。

◇◆◇

自宅に帰った俺は、明日のダンジョン攻略に備えて準備をすることにした。

準備といっても、溜《た》まったＳＰを割り振るだけだが。

明日行くのは紫音ダンジョンだからな。特別な準備は必要ない。

「えーっと、今あるＳＰは１３１０。そんでもって、ダンジョン内転移のレベルを12に上げるのに必要なＳＰはっと……マジか」

ステータス画面に書かれていたのは、１０００ＳＰの文字だった。

まさに規格外の数値だ。

「とはいえ、選ばないわけにはいかないよな。俺が特別であれる理由は、このスキルがあるおかげなんだから」

覚悟を決めて、俺はダンジョン内転移のレベルアップに１０００ＳＰを使用した。

『ダンジョン内転移のスキルレベルが12に上がりました』

『発動時間が変更されます』

『2秒×距離（M）→1秒×距離（M）』

その結果、このように変わった。

「今回は発動時間が変わったのか」

発動時間が半分になるのはかなり助かる。

ただそれでも、１０００ＳＰを使用しただけの価値があるかは不明だが。

ついでにスキルレベルを13にするのに必要なＳＰを見てみると、１５００と書かれていた。一つレベルを上げるごとに５００ずつ上がっていくんだろう。

「次に大きな変化がくるとしたらLV20の時と考えてるけど、やっぱり先はまだまだ長いな……それでもやるしかないか！」

今さら、目の前の壁の大きさにうろたえる俺じゃない。

心の中で、力強い決意を抱くのだった。

◇◆◇

翌日、俺はＥランクダンジョン――【紫音ダンジョン】にやってきていた。

知っての通り、ここは初心者御用達《ごようたし》のダンジョンである。

そのため攻略は簡単だし、踏破自体も簡単に終わる。最初はそう思っていた。

しかし――

「ぜんっぜん終わらねぇ！」

――百周を終えても踏破できる気配がなければ、話はまた別だ。

「Ｄランクの夢見ダンジョンで七十周だったんだから、ここの規定回数はもっと多いかもしれないとは思ってたけど……百回を超えても終わらないのはさすがに想定外だな」

いつもなら嬉《うれ》しいはずの『ダンジョン攻略報酬』というシステム音が、今では呪いの言葉にすら感じてしまう。これ、どうにかならないのかな？

けれど、そんな泣き言をこぼしたところで状況は変わらない。踏破できるまで、ただただ攻略を続けるしかないのだ。

「――やってやる！」

パシンッ、と両手で自分の頬《ほお》を叩《たた》き、新たに気合を入れる。

これまで一年間、無能と蔑まれながら冒険者を続けてきたんだ。

それに比べたらこの程度、なんてことはない！

「ダンジョン内転移」

俺は覚悟を決めて、再び紫音ダンジョンに挑戦するのだった。

『ダンジョン攻略報酬　レベルが１アップしました』

『ダンジョン攻略報酬　レベルが１アップしました』

『ダンジョン攻略報酬　レベルが１アップしました』

そして、攻略を続けること四日。

この四日間での攻略回数は百九十回。以前のものを合わせたら計二百回に到達したタイミングで、そのシステム音が鳴り響いた。

『貴方《あなた》は本ダンジョンを規定回数攻略しました』

『ボーナス報酬　レベルが15アップしました』

『今後、貴方が本ダンジョンを攻略しても報酬は与えられません』

「きたあああああああああ！」

喜びのあまり、俺は全力で雄叫《おたけ》びを上げた。

「やっと二つ目のダンジョン踏破だ。えーっと、この四日間でレベルは５７０から７７５になったのか。冷静に考えてみたらかなりレベルアップしてるな。まあ、二百周もしたんだから当然だけど。んでもって、肝心のＳＰはと……２３１０か。まあまあ溜まったな」

あとの問題はこれをどう割り振るかだ。

いつもの俺なら、迷わずダンジョン内転移に注《つ》ぎ込むのだが。

「……いや、違うな」

とある考えから、俺は別のスキルを選ぶことにした。

このまま低ランクダンジョンで周回を繰り返すのもいいが、そろそろ自分のレベルに合ったダンジョンに挑戦するべきだと思ったのだ。

いくらレベルを上げて能力値を上げようと、それを俺が自在に操れなければ意味がない。

「まあ、あとは家でじっくり考えるか」

俺はこの四日間でトラウマを与えてきた紫音ダンジョンを後にし、帰路につくのだった。

◇◆◇

――保有スキル――
ダンジョン内転移LV12→LV13（必要SP：1500）
高速移動LV3→LV4（必要SP：400）
魔力上昇LV1→LV2（必要SP：400）
魔力回復LV1→LV2（必要SP：400）
アイテムボックスLV1→LV2（必要SP：400）
――新規スキル――

剣術LV１（必要ＳＰ：２００）
短剣術LV１（必要ＳＰ：２００）
剛力LV１（必要ＳＰ：１００）
忍耐LV１（必要ＳＰ：１００）
索敵LV１（必要ＳＰ：１００）
隠《おん》密《みつ》LV１（必要ＳＰ：１００）
状態異常耐性LV１（必要ＳＰ：１００）

帰宅後。俺はまずスキル一覧から選択候補をピックアップしてみた。どれも今後、継続的に使える優秀なスキルだ。

「さて、ここから何を選ぶか決めるために、まずは次に挑戦するダンジョンを決めないとな」

現時点で決めているのは、Ｃランクダンジョンに挑戦するということだけ。

家から行ける範囲にあるダンジョンの中から、今の俺に適した場所を探していく。

挑戦するダンジョンを選ぶ上で、俺の中には一つの決まりがある。

それは、状態異常系の攻撃を仕掛けてくる魔物がいるところを極力避けることだ。

ソロにとって状態異常は天敵。麻痺《まひ》などをかけられてしまえば、格下相手にも一気にやられてしまう恐れがある。

どちらかといえば、数十体の魔物が同時に襲い掛かってくる方がまだやりやすい。

一応ステータスの抵抗力パラメータが高ければある程度抵抗できるが、それも万能ではない。夢見ダンジョンのボスであるハーピーの催眠くらいならば耐えられるが、Ｃランクの敵ともなればどうなるかは想像つかない。

「一応、それを解決してくれるスキルもあるんだけど……今の時点で耐久系のスキルを取得するのは微妙だよな」

ただでさえ俺は、ダンジョン内転移、鑑定、アイテムボックスなど、戦闘に直接関係ないスキルにＳＰを使っているのだ。ここは素直に、戦闘に役立つスキルを選びたい。

それらを前提に考えると、おのずと適したダンジョンが見つかる。

「剣崎《けんざき》ダンジョン——ここだな」

Ｃランクダンジョン——【剣崎ダンジョン】。

ソロ攻略推奨レベルは６００と、Ｃランクダンジョンの中では低め。

出てくる魔物は多彩だが、そのどれもが真正面から戦いを仕掛けてくるタイプなため、戦闘スキルを磨くにはもってこいのダンジョンだ。

「さて、目標のダンジョンが決まったところで、次はスキルだな」

できれば、剣崎ダンジョンで活《い》かすことのできるスキルを選びたい。

俺の戦闘方法は基本的にヒット&アウェイ。

敵の攻撃に耐えるのではなく、回避が基本となっている。

そのため耐久力を高めてくれる忍耐を取る必要はないだろう。

逆に、攻撃力を上げてくれる剛力や、速度を上げてくれる高速移動は必須となってくる。

というわけで、俺は剛力を一気にLV４に、高速移動をLV３→LV４に上げた。

今ので１４００ＳＰを使用したので、残りは９１０ＳＰ。

実力をいち早く上げたいのならば、剣術か短剣術を獲得するべきなんだろうけど……。

「正直、どっちをメイン武器に使うかはまだ決めかねてるんだよな」

今でこそ短剣をメインに使っているが、昔からそうだったわけじゃない。冒険者になった当初は短剣を使っていたが、攻撃力の低さを嘆いて長剣に転向したことがある。しかしその後、夢見ダンジョンのボーナス報酬で優秀な短剣を入手したため、それ以降はずっと短剣を使っているという感じだ。

今後の選択次第では、剣術か短剣術を選んだとしても将来的に無駄になってしまう恐れがある。無理に今入手する必要はないだろう。

「となると残るＳＰは索敵か隠密に使うか？　それとも既に保有しているスキルのレベルを上げるべきか？　……実際にダンジョンに挑んだ後で、改めて考えるか」

ひとまずのところ、今後の方針とＳＰの割り振りについては終わった。

次に挑むは初めてとなるＣランクダンジョン。それを目前に、俺は自分の胸が高鳴るのを感じるのだった。

【天音　凜】
レベル：７７５　ＳＰ：９１０
称号：ダンジョン踏破者（２／10）
ＨＰ：６１７０／６１７０　ＭＰ：１５８０／１５８０
攻撃力：１５６０　耐久力：１１８０　速　度：１６４０
知　力：１１１０　抵抗力：１１８０　幸　運：１０８０
スキル：ダンジョン内転移ＬＶ12・身体強化ＬＶＭＡＸ・剛力ＬＶ４・高速移動ＬＶ４・魔力上昇ＬＶ１・魔力回復ＬＶ１・鑑定・アイテムボックスＬＶ１

【身体強化LVＭＡＸ】：攻撃力、耐久力、速度の各パラメータを＋１００。
【剛力LV４】：攻撃力を＋５００。
【高速移動LV４】：速度を＋５００。
【魔力上昇LV１】：ＭＰを＋10％。
【魔力回復LV１】：ＭＰ回復量を＋10％。

【夢見の短剣】
・夢見ダンジョンを初見かつソロで攻略した際に与えられる報酬。
・攻撃力＋60

第三章　剣崎ダンジョン

剣崎《けんざき》ダンジョンに挑戦すると気合を入れた翌日。俺は大事なことを思い出した。

「やべっ、今、再挑戦期間《スパン》中じゃん」

ここ数日はダンジョン内転移《ないてんい》を利用することによって様々なダンジョンを攻略していたが、スパン自体がなくなったわけではない。

まだ足を踏み入れたことのない新規ダンジョンに挑戦したいのであれば、一週間のスパンを受け入れる必要があることには変わりないのだ。

「うーん、諦めて既に行ったことのあるダンジョンの踏破を目指すか？　いや、それも結局は一緒か。どちらにせよ、いずれはＣランク以上にも挑まなきゃいけないんだし」

悩みに悩んだ末、これから一週間はダンジョンを攻略しないことに決めた。

その代わりに。

「ダンジョン内で魔物を倒すだけならセーフだよな？」

ダンジョンを攻略さえしなければ、スパンは延びないはず。

そんな考えのもと、俺は夕凪《ゆうなぎ》ダンジョンにやってきていた。

夕凪ダンジョンの特徴としては、ダンジョン攻略報酬はいまいちだが、中で入手できる迷宮資源が豊富という点が挙げられる。

経験値獲得によるレベルアップはあまり見込めないが、金稼ぎにはうってつけだ。

「夢見《ゆめみ》ダンジョンをひたすらに周回してた時は、攻略報酬のおかげで一日に十万以上稼げたけど……ひとまずはそこを超えるのが目標だな」

実際にどれだけ稼げるかは、やってみないことには分からない。

「よし、行くか——ダンジョン内転移」

さっそく俺は夕凪ダンジョンの中に入ると、どんどん下層に向かっていくのだった。

◇◆◇

一日を費やした挑戦を終え、俺は地上に帰還する。

どうやらスパン中でも、ダンジョンから出る時にはゲートを通れるようで、ほっと胸を撫《な》で下ろす。あくまでスパンはダンジョンへの入場を制限するための仕組みらしい。

そうじゃなかったら、今頃はダンジョンボスを倒す羽目になって、またスパンが一日延びていたところだ。

今日入手した迷宮資源を売却したところ、合計で十万円だった。まずまずといったところだ。ちなみに、レベルについては1も上がらなかった。

まあ、攻略推奨レベルからかけ離れた状態で潜っているから当たり前なんだけど……。

なんにせよ、久々にまともな形で体を動かした気がする。

魔物のレベル的には格下だったが、大量の魔物に囲まれた時は緊張感があったし、ボスをただ一撃で倒していた日々に比べれば、ある程度は戦闘の勘を取り戻せたはずだ。

「よし、明日からもまた頑張るか」

それから一週間、俺は夕凪ダンジョンに潜り続けた。

日を重ねるごとに効率的な動き方というものが身についてきて、徐々に稼げる金額も増えていった。

最終的な成果としては、七日間で百万以上を稼ぎ、3レベルアップした。

自室でステータスを眺めながら、気分良く呟《つぶや》く。

「夢見ダンジョンでの稼ぎと合わせたら、二百万を超えてるのか……一気にちょっとした富豪になったな」

使い道は色々とあるが……そうだな。まずはやっぱり、普段から世話になっている華《はな》と高いご飯でも食べに行きたいところだ。

そんな願望を胸に、俺はゆっくりと眠りにつく。

この時の俺は知る由もなかった。

明日、剣崎ダンジョンにて、因縁の相手と再会することを。

◇◆◇

翌日早朝。俺はかねてからの目標である剣崎ダンジョンにやってきていた。

そして、人の賑《にぎ》わいぶりに驚くこととなった。

「本格的にダンジョン攻略を生業《なりわい》にしている人の中では、Cランク冒険者が一番多いって話だけど……本当だったんだな」

それに、Cランク冒険者ともなれば装備もしっかりしている。俺のように、軽装に短剣一振りの者はほとんどいない。

あと気付いた点として、俺以外にはソロで挑戦しようとしている奴《やつ》はいなそうだ。

それもそうだろう。ランクが上がるほど何が起きるのかが分からなくなるのがダンジョンだし、それに対応するためには人員が必要。ダンジョン攻略を目標とするなら、パーティーメンバーがどれだけ増えてもレベルアップには問題ないし、なおさらだ。

そんなことを考えながら、冒険者カードをダンジョン管理人にチェックしてもらうための列に並んだその時だった。

　ざわざわと、周囲の冒険者たちが騒ぎ始める。

「お、おい、見ろよあれ。最近噂《うわさ》になっているパーティーじゃないか？」

「知ってるぞ。確か所属するメンバー全員がユニークスキル持ちで、冒険者デビューからたった一年で２０００レベルに到達した怪物たちだろ？」

「ああ。様々な有名ギルドから勧誘されても、なぜか全部断っているらしい。けどなんでそんな奴らが剣崎ダンジョンにいるんだ？」

「さあ、分からん。普通だったらもっと上のレベルのダンジョンに挑んでいるはずだが」

　その会話を聞き、俺は咄嗟《とっさ》に振り返った。

　遠くから、五人の冒険者が固まってこちらに向かってくる。

　そいつらの顔を見て、俺は目を見開いた。

「あいつらは、まさか……」

　そこにいたのは、見知った相手だった。

　じっと見ていたせいだろうか。先頭にいる金髪の男が俺の存在に気付き、少しだけ驚いたような表情を浮かべた後、こちらに近付いてくる。

「やあ、天音《あまね》くんじゃないか！　奇遇だね、こんなところで会うなんて！」

そして、薄っぺらい笑顔を浮かべながらそう話しかけてきた。

よくそんな風に接することができるなと、心の中で悪態をつく。

けれど、それを表に出すほど子供じゃない。

「ああ……俺も驚いてるよ、風見《かざみ》」

冷静さを保ちながら、返答する。

その裏で思い出されるのは、一年前の記憶。

この男の名前は風見信《しん》。俺と同じタイミングで冒険者になり、ユニークスキルに目覚め、共にパーティーを組んだかつての仲間。

そして、俺が無能と蔑まれるようになったきっかけを作った人物だった。

◇◆◇

一年前、高校を卒業してすぐに冒険者資格を取りダンジョンに挑戦した俺は、獲得率10%の壁を越えて無事にステータスを得ることができた。

その時に目覚めたのが、ユニークスキル【ダンジョン内転移】だった。

転移系のスキルはこれまでに確認されたことがない。

しいて挙げるならばダンジョンから帰還する際の転移魔法だが、あれは厳密にはスキルではなく、人が発動できるものではない。

そんな事情もあり、俺のスキルには注目が集まった。

冒険者たちからの注目だけでなく、様々なギルドからの勧誘があった。

その中の一人が、彼——風見信だった。

風見は俺と同じようにユニークスキルに目覚め、様々なギルドから勧誘されていた。

しかし、彼はどのギルドにも所属するつもりはないとのことだった。

風見はこう言っていた。

『僕は自分のギルドを作りたいと思っているんだ。ここ数年、国内上位に名を連ねるギルドはほとんど代わり映えしない。そんな現状に嘆いていてね。そこで一つ提案がある。僕たちのような特別な力を持った人間が協力して、上位の奴らを追い抜こうじゃないか』

そんな理由から、彼は自分と同じユニークスキルに目覚めた人間を集めているとのことだった。まずはパーティーとして名を上げていこうというわけだ。

正直、この時の俺は風見と同様、ユニークスキルに目覚めた自分のことを特別だと信じており、風見の理想にも同意できる点があった。

上位ギルドを追い抜くというのはあまり興味がなかったが、誰の手を借りるでもなく自分自身の力で成り上がっていく未来を想像すると、胸が躍った。

結果として、俺は風見のパーティーに所属することになった。

そしてその直後、俺は現実を知ることになる。

俺のユニークスキル【ダンジョン内転移】は、以前にも言ったように戦闘はおろか、サポートにすら使えないような性能だった。

そんな中、風見たちは違った。

当時、パーティーには俺を除いて四人のユニークスキル持ちがいた。

まず、リーダーである風見信が保有していたユニークスキルの名は【雷撃《らいげき》】。

その名の通り雷を自由自在に操れる力なのだが、その性能は常軌を逸していた。

まずスキルレベルが1の時点で、初級魔法LV10に匹敵する威力を有していたこと。

そしてそれ以上に凄《すご》かったのが、雷撃の発動時にＭ　Ｐ《マジックポイント》を使用しないということだ。

これがどれだけ凄いことなのか、少し考えれば分かってもらえると思う。

風見は同レベル帯の冒険者の数倍の威力を誇る攻撃を、回数制限を気にすることなくいくらでも使えたのだ。使用時に多少の疲労感があるとは言っていたが、それは他の魔法を使う時も同じで、デメリットにはなりえない。

パーティーメンバーのうち、他の三人——佐藤裕也《さとうゆうや》、田中幸助《たなかこうすけ》、高石桜《たかいしさくら》も、雷撃ほどではないにしろ、それに続く強さのユニークスキルを保有していた。

その中にいて、俺だけが明らかに場違いだった。

というより、足手まといだったと言ってもいい。

だって俺がユニークスキル以外に持っているスキルは身体強化のみで、戦闘ではほとんど役に立てなかったのだから。

その証拠に、パーティーを組んで一週間も経《た》たないうちに、どこから広がったのか冒険者の間で噂が流れ始めた。

俺の持つユニークスキルは何の役にも立たない無能スキルで、他の四人のおこぼれをもらっているだけの足手まといだと。それも、事実より大げさな脚色付きで。

実際のところ合っている部分も多かったので、反論する気にもなれなかった。

周囲の声なんて気にすることはないと言ってくれる風見たちの言葉には助けられたが、その時点で俺は心に決めていた。ダンジョン内転移をＬＶ１からＬＶ２に上げても何の成長も見られないようだったら、パーティーから抜けようと。

それが風見たちや、何より自分のためになると信じて。

結果は知っての通り。発動時間が１メートルにつき10秒→８秒になるだけで、ほとんど意味をなさないものだった。

俺は覚悟を決めて、パーティー脱退を伝えるために風見のもとに向かった。

しかし、そこで俺は意図せず風見と高石の会話を聞いてしまった。

『ねえ信、なんで天音に直接パーティーから抜けろって言わないの？　わざわざアイツが役立たずなことを周囲に広めて、それを聞いたアイツが自分から辞めるように仕組む意味なんてあるの？』

『もちろんだよ桜。僕らはこれから強力なパーティーとして有名になっていく。その過程で、イメージが重要になってくるんだ。仲間になって一週間やそこらの相手を無慈悲に切るのと、相手が自分から限界を認めて脱退を申し込んでくるのでは、周囲が抱くイメージがまったく違う。それは桜にだって分かるだろう？』

『……まあ、そうね。後者なら、並大抵の冒険者では敵《かな》わないと思うほどの実力者ぞろいだっていう印象がつけられるかもしれないわ。まあ、別に私はアイツさえいなくなればそれでいいの。今回の件は全面的に信に任せるわ』

『うん、任せてくれ』

……結局、そういうことだったのだ。

俺が実際に役に立っていないことは、パーティーメンバーしか知らないはず。

それを他の冒険者たちが知っていたのは、彼らが広めたから。

どうしてそんな簡単な答えに辿《たど》り着けなかったんだろう。

けれど、それを聞いても俺は、特に風見を責める気にはなれなかった。

だって、俺が彼らのパーティーに不要なのは事実だから。

そりゃ少しは、俺が同じパーティーで活躍するのは難しいと言ってくれれば自己都合脱退したのに！　と思わなくもないが、まあ些細《ささい》な問題だ。

結果的に俺はその翌日、風見にパーティーを脱退すると伝えた。

俺が昨日の会話を聞いていたとは夢にも思ってもいないのだろう。風見は白々しい態度で引き留める素振りを見せたが、それに嫌気がさしてすぐに彼らのもとを去った。

それから、俺はソロで活動するようになった。

ソロになったことを知ったとあるギルドのスカウトが、スキルの将来性を見込んで勧誘してくれたこともあった。名前は忘れたが、それなりに有名なところだったはずだ。

けれど仲間というものに嫌気がさしていた俺は、当然その勧誘を断った。

それからしばらく、俺はＥランクやＤランクのダンジョンで活動するようになった。

周囲から注がれるのは、無能に対する蔑みの視線。

面と向かって無能と言われたことも一度や二度じゃない。

その言葉に耐えながら、俺は今日まで必死に頑張ってきた。

つまるところ、風見は俺が無能と呼ばれるようになったきっかけの相手で。

できればもう、二度と会いたくはなかった。

◇◆◇

一年前の出来事を思い出す俺の前で、風見は薄っぺらい笑みを浮かべながら話し続ける。

「まさか天音くんとこんなところで再会するなんてね。よかったら、君の今所属しているパーティーのメンバーを紹介してくれないかい？」

「……悪いけど、仲間はいない。俺はソロだからな」

「ソロ……？　あはは、天音くん、ふざけるのはやめなよ。このダンジョンをソロで攻略しようと思えば、最低でも６００レベルは必要なんだよ。まさか、君がそれだけのレベルに達しているとでも言うのかい？」

「ああ、その通りだよ」

「……なんだって？」

至極当然といった風に返してやると、風見は疑うような目で俺を見た。

それもそのはず。俺が風見のパーティーを抜けた時から考えれば、とても一年でここまで成長できるような力はなかった。

さらに俺はソロで活動しているのだ。疑問はひとしおだろう。

とはいえ、動揺を誘うほどの衝撃ではなかったようで、風見はすぐに調子を取り戻す。

「ははっ、これは驚いたよ。まさか君がそれほど成長していただなんて。僕たちのパーティーを抜けてからずっと心配していたんだが、順調に成長しているようで安心したよ！」

「……はっ、よく言う」

「ん？　何か言ったかい？」

「いや、なんでもない。それよりお前たちはレベル２０００を超えたらしいな。そんな奴《やつ》がどうして剣崎ダンジョンに来ているんだ？」

「ああ、その理由は……彼女だよ！」

風見が指を向ける方に視線を向けると、見慣れない少女が立っていた。

肩まですらりと伸びるセミロングヘアに、ぱっちりと開かれた目。白磁のように透明感のある肌を持ったその少女は、誰に訊《き》いても美少女と答えるであろう容姿をしていた。

……正直、彼女のことはさっきから少しだけ気になっていた。

風見たち五人のうち、四人はかつてのパーティーメンバーだったため知っているが、彼女だけは見たことがなかったからだ。

「彼女の名は黒崎零《くろさきれい》。数か月前に冒険者になったばかりの新人さ」

「……お前たちと一緒にいるってことは、もしかして」

「ああ、君の予想通り。スキルの説明は省くが彼女はユニークスキルの持ち主だ。それも非常に優れた、ね。彼女の才能を見込んだ僕が勧誘して、僕のパーティー【キング・オブ・ユニーク】に入ってもらったんだ。今日は彼女のレベル上げの付き添いってわけさ」

それを聞き、驚きに目を見開いた。

他人のレベル上げに付き合えば、その分だけ自分たちのレベルアップ効率は落ちるだろう。あの風見がそうするだけの価値が、この少女にはあるということなのだろうか？

「そんなに優秀なのか……」

「ああ。たった三か月で５００レベルを超えるほどにね」

「５００っ!?」

なるほど、それは確かに優秀だ。それこそ、風見と同等かそれ以上に。

いったいどんなユニークスキルを持っていれば、そんなことが可能なのだろうか。

気になるが、他人のスキルについて詮索するのはマナー違反だ。訊くのはやめておこう。

そして訪れる数瞬の沈黙。会話を終えるタイミングだと見たのか、風見は言った。

「無駄話はこのあたりにしておこう。それじゃ、幸運を祈るよ、天音くん」

「ああ、そっちもな」

その言葉を最後に、風見たちは入場待機列の後方に去っていく。

ようやく厄介な相手がどこかに行ったことに、俺は安堵《あんど》の息を吐く。

「…………（じーっ）」

「……ん？　うおっ！」

と思った矢先、妙な視線を感じて顔を上げると、すぐ近くに少女の顔があった。

驚きのあまり、思わずのけぞってしまう。

確か名前は黒崎零だったか。いったい何のつもりだろう？

「……貴方《あなた》が、天音凛《りん》？」

「ああ、そうだけど。何で知ってるんだ？」

風見は今、天音としか言ってなかったはずだけど。

「風見さんたちが、貴方の名前を口にしているのを聞いたことがある。かつてこのパーティーにいた無能だって」

「っ、あの野郎……」

まさかパーティーを抜けて以降もネガティブキャンペーンが行われているとは思っていなかったため、思わず悪態をつく。

けれど、それを本人に伝えるこの子もどうなんだろうか。

学校で空気読めなくてハブられたりしていないか、ちょっと心配になる。

　そう思ったのだが――

「けれど、とてもそんな風には見えない」

「え？」

　――続けて黒崎さんの口から出てきたのは、予想外の言葉だった。

「えーと、それは何を根拠に？」

「ただの直感。でもあえて理由を言うなら、貴方からは確固たる何かを感じる。自信を纏《まと》っていると言ってもいい。少なくとも、自分を無能だと思っている人の振る舞いじゃない」

「お、おお……」

　初対面の相手からいきなり褒められてしまい、少し気恥ずかしさを感じる。けれど、決して悪い気はしなかった。

　でも、どうしてそれをわざわざ俺に伝えに来たんだろう？

　まさか……。

「もしかして、そっちもパーティー内で何らかの嫌がらせを受けたりしているのか？　それを俺に相談したかったとか？」

「ううん、そんなことはない。しっかりとサポートしてもらっているし、不満はあまりない……一つを除いて」

「…………（ごくり）」

黒崎さんの雰囲気が変わったことを感じて、俺は唾をのみこむ。

嫌がらせは受けていないようだが、それ以外に何か、心から許せないことがあるようだ。

「凛、一つ訊いていい？」

「ああ、なんだ？」

そんな彼女の気持ちに、俺は真正面から応えなければならない気がした。

だから、いきなりファーストネームで呼び捨てにされたことさえ気にならない。

そんな俺に対して、彼女は告げる。

「わたしたちのパーティーの名前について、どう思う？」

「…………」

脳裏に浮かぶのは、一年前の出来事。

風見はパーティーメンバー全員の前でこう言った。

『僕たちは全員がユニークスキルを持った天才だ！　やがて僕たちはユニークスキルを持つ者たちの中でも頂点に……すなわち王に到達するだろう！　というわけで、僕たちのパーティー名はユニークスキルの王、【キング・オブ・ユニーク】だ！』――と。

……うん。

「ぶっちゃけちょーダサいと思ってる」

「……わたしも！」

黒崎さんはここにきて満面の笑みを浮かべると、俺に手を差し伸べた。

……そっか。これまでパーティー名がダサいと思っても、それを共有する相手がいなかったんだな。パーティー名を決める時、確か風見以外の奴らもノリノリだったし。

俺は彼女の意思に応えるように、しっかりと握手を交わす。

すると、彼女は嬉《うれ》しそうに言った。

「この気持ちを共有できたのは貴方が初めて。とても嬉しい。これからはわたしのことを零と呼んでほしい」

「ああ、分かったよ零」

今ここに、キング・オブ・ユニーク被害者の会が設立された。

こうして俺たちは、二人の気持ちが通じ合っていることを改めて実感するのだった。

……なんだこれ。

そんなよく分からないやりとりの後、俺はようやく待ちに待った剣崎ダンジョンの中に入ることができた。

心なしか、ダンジョン内の空気もこれまでのものとは違う気がする。

「ふぅー。よし、いくか」

覚悟を決めて、俺は歩き出した。

ダンジョン内を進みながら、事前に調べておいた情報を脳内で復習する。

剣崎ダンジョンは全三十階層で構成されており、出てくる魔物はオーク、ホーンラビット、レッドボアなどなどだ。

レベル的には余裕があるとはいえ、決して油断できない魔物たちである。

そして最下層で待ち受けるボスはハイオーク。

非常にパワーに優れた強力な魔物なため、攻撃を受けるのではなく躱《かわ》すのが必須になってくる。俺の戦闘スタイルにはかなり合っている敵だ。

そしてそのハイオークを討伐することができれば、与えられるダンジョン攻略報酬が20レベルアップと爆煙《ばくえん》魔石《ませき》である。

爆煙魔石は非常に優秀なマジックアイテムで、普通に買えば十万はくだらない品物だ。

そしてもう一つ魅力的なのが、剣崎ダンジョンにはボーナス報酬が存在するという点だろう。

ボスに挑んだパーティーメンバー全員が剣崎ダンジョンに初挑戦であること。さらに刀剣類の武器でボスにトドメを与えた場合、【剣崎の剣】という武器が与えられるのだ。剣崎の剣はネーミングセンスこそクソダサだが、攻撃力＋６００と効果は本物である。爆煙魔石と剣崎の剣、どちらもぜひ入手したいところだ。

そんなこんなで、進むこと約十分。

豚顔が特徴的な、二足歩行の魔物――オークと遭遇した。その数、実に三体。

「現れたな」

夢見の短剣を構えながら、俺はオークに向かって鑑定を使用した。

【オーク】

・レベル：４００

・棍棒《こんぼう》や斧《おの》などを武器に使用する、豚の顔をした全身茶色の魔物。速度はないが、尋常ならざる膂力《りょりょく》から放たれる一撃が強力。

レベルは４００。これなら三体を同時に相手しても問題なく倒せそうだ。

そんなことを考えていると、三体いるうちの一体が、手に持つ石斧《せきふ》を振り上げながら迫ってきた。

「ガァァ！」

「――――ッ」

石斧相手に、短剣で受け止めるのは危険。

俺は素早い動きでその攻撃を躱すと、短剣を振るい反撃に転じる。

「はあッ！」

一閃《いっせん》。

オークの腹に深い傷を与えるも、まだ死んではいないようだ。

ＥランクやＤランクのダンジョンで戦ってきた魔物たちとは、やはり格が違うのだろう。

すぐに追撃したいところだが、残る二体が連携して左右から挟撃してくる。

バックステップで距離を取ると、俺はアイテムボックスから爆石《ばくせき》を取り出し、二体に向かって投げた。

この爆石の威力では、Ｃランクの魔物にダメージを与えることは難しい。

しかし今はそれでいい。ダメージを与えるのではなく、視界を奪うのが狙いなのだから。

「ギャウッ！」

「ギャッ！」

爆発を喰《く》らい、のけぞるオークたち。

これで隙を生み出すことができた。反撃の余地は与えない。

夢見の短剣を次々と振るい、致命傷を浴びせていく。

それから十秒後、俺は三体のオークを討伐することに成功した。

「死体から魔石を取り出してっと。それから、これも貰《もら》っておくか」

地面に転がっている石斧を拾う。片手で扱える大きさと重さだ。

俺は鑑定を使用した。


【オークの石斧】
・オークが装備していた石斧。
・装備推奨レベル：４００
・攻撃力＋２００

「さすがはＣランクダンジョン。道中の魔物が落とす武器でさえ、夢見の短剣の三倍以上も攻撃力が上がるのか……」

それに加えて、これまでに使ってきた武器では見なかった装備推奨レベルという文字。

これは別に、そのレベルがなければ絶対に扱えないというわけではなく、あくまで参考程度のものだ。身体強化のスキルなどを使用したりすれば、それよりレベルが低くても使えたりするらしい。

「うーん、確かに効果だけなら魅力的なんだけど、これはどっちかっていうと打撃武器だよな。攻撃力が１４０しか違わないんだったら、慣れた短剣を使い続けるべきだし……ただ、一応回収だけはしておくか」

他の二体が持っていた石斧にも鑑定を使用すると、それぞれ攻撃力が＋１９０と、＋１８０の効果を有していた。同じ【オークの石斧】でも、効果は微妙に違うらしい。

俺は攻撃力＋２００のものだけをアイテムボックスに入れておいた。

「これでよしっと。それにしても、これだけ強い魔物と戦うのは久々だな」

ここ数週間は、攻撃をもろに喰らってもＨＰ《ヒットポイント》が１％も減らないような魔物とばかり戦ってきた。しかしここにいる魔物の場合、一気に10％以上減ってもなんら不思議ではない。

戦闘時の緊張感が全く違うのだ。

「一応、最近稼いだ金で最低限の体力回復薬と魔力回復薬は買っておいたけど……できるなら、あまり使いたくはないよな」

少なくとも、ボスと戦うまでは温存しておきたい。

ボスのハイオークのレベルは６００。今の俺のレベルなら問題なく勝てるとは思うが……最近は弱い魔物としか戦ってないから、少しだけ不安はある。

道中に現れる魔物と戦いながら、徐々に戦闘の勘を取り戻しておこう。

そんなわけで、今回は下の階層へ行くためのダンジョン内転移は使用するつもりはない。

「こうして自分の足でダンジョンを進むのは久々だな。気合を入れて行こう」

気を取り直して、俺は先に進み始めるのだった。

それから、俺は順調に攻略を進めていた。

オークとの戦闘も一度慣れてしまえば簡単で、五体までなら同時に相手しても一切ダメージを負わず倒せるようになっていた。

そのまま五階層に到着する。そこでようやく、別の魔物が出現した。

ホーンラビット。その名の通り、額に角が生えたウサギの魔物だ。

それが一体、ポツンと目の前に現れる。

「思ってたより小さいんだな」

これなら簡単に討伐できるだろう、そう思った次の瞬間だった。

「っ、あぶねっ！」

恐ろしい跳躍力で迫ってきたホーンラビットの角を、短剣で受け止める。

今のはかなり危なかった。ホーンラビットはスピードに秀でた魔物。一瞬の隙が命取りになると実感させられる。

【ホーンラビット】

・レベル：４００

・額に角がある兎《うさぎ》型の魔物。力強い跳躍を用いた角による突きや、強靭《きょうじん》な足腰から放たれる蹴り技が強力。

「けど、それさえ分かれば！」

「ギャンッ!?」

反撃に転じた俺の動きにはついてこられなかったのか、振るった刃《やいば》がホーンラビットの体を深く切り裂いた。

耐久力ではオークに圧倒的に劣る魔物だ。一撃で倒すことができた。

簡単に倒せたのは、俺が速度重視型というのも大きかったのだろう。

タンクなどの重量型では、攻撃を当てることができず、かなり苦労したはずだ。

と、ここで聞き慣れたシステム音が脳内に響き渡る。

『経験値獲得　レベルが1アップしました』

「お、レベルアップか。まだ数十体しか倒してないんだけどな」

ここにいる魔物たちは、Dランク以下のダンジョンに生息する魔物とは得られる経験値が桁違いなのだろう。ありがたくその恩恵を受け取っておく。

その後、さらに順調に階層を下っていく。

想像していたより、体力や集中力を保てている。体力についてはレベルが上がったからなんだろうが、集中力については、きっと何日も何日もダンジョンを周回していたからだ。

あの経験は俺をかなり強くしてくれた。

そんなこんなで、十五階層に辿《たど》り着いた。ここで新しく出てきた魔物はレッドボアだ。

巨体にもかかわらず、凄《すさ》まじい速度で突進してくる恐ろしい敵である。


【レッドボア】
・レベル：４５０
・厚い毛皮に覆われた、全身赤色の猪《いのしし》型の魔物。その重量を活《い》かした突進攻撃が強力。
　毛皮は様々な装備に使用されるほど頑丈。


ただ、一直線にしか攻撃してこないので横に躱《かわ》せばいい。

そして躱したタイミングで、短剣を振るい攻撃を浴びせていく。

途中で、レッドボアの皮が厚く、あまりダメージが通っていないことに気付いた。

「なら、これはどうだ……！」

アイテムボックスからオークの石斧を取り出し、レッドボアの脳天に力いっぱい振り下ろす。するとレッドボアは脳震盪《のうしんとう》を起こしその場に横たわったので、後は連続で攻撃を与えれば倒すことができた。

『経験値獲得　レベルが1アップしました』

「うーん、レッドボアは高く売れるから持って帰りたいんだけど、重量がありすぎるのが問題なんだよな……」

アイテムボックスは保管できる量に限界がある。

今回は泣く泣くレッドボアの回収は諦めた。

魔石も体の中心にあるため、取り出すのはかなり時間がかかる。スルー確定だ。

それからも俺は破竹の勢いでダンジョン内を突き進んでいく。

『経験値獲得　レベルが1アップしました』

『経験値獲得　レベルが1アップしました』

『経験値獲得　レベルが1アップしました』

『経験値獲得　レベルが1アップしました』

――攻略開始からおよそ五時間後、レベルが6上がった頃。

最下層の三十階層に到着した。

「……やっとここまでこれたか」

俺は感慨深くそう呟《つぶや》いた。

「ボスに挑む前に、自分の状態をチェックしとかないとな」

ここまでの攻略においては、魔物と戦う際、回避を徹底していたためＨＰはほとんど減っていなかったのだが、念のために体力回復薬で全快させておく。

ＭＰに関して言えば、ダンジョン内転移を使用していないため１も減っていない。

体力、気力ともに十分。うん、問題はなさそうだ。

ただ、回復薬にはクールタイムというものが存在する。回復薬を飲んだ後、特定の時間が経過するまで再び飲むことができないのだ。

俺が飲んだ中級の場合、その時間は十分。

戦闘中に使用する可能性もあるかもしれないので、再び使用できるまで待つことにした。

「……よし、いくか」

そして十分後。ボス部屋の扉を開け、中に入っていく。

そして、そこにいた敵を見て苦笑いを浮かべる。

「……今からこれと戦うのか」

高さは２メートル50センチほどだろうか。その巨体は鍛え上げられた筋肉の鎧《よろい》によって覆われており、手には人の体ほどある巨大な棍棒《こんぼう》が握られている。

威圧感が、これまでに戦ってきた魔物とは段違いだった。


【ハイオーク】
・レベル：600
・ダンジョンボス：剣崎ダンジョン
・オークの上位種。棍棒や斧《おの》などを武器に使用する、豚の顔をした全身茶色の巨大な魔物。速度、膂力《りよりよく》共に強力で、その体から放たれる一撃は大地を軽々と破壊する。

ハイオークは俺を敵と見定めたようで、禍々《まがまが》しい眼光が俺の体を突き刺す。

「……やるしかないよな」

短剣を構え、覚悟を決める。

かくして、剣崎ダンジョンのボス――ハイオークとの戦闘が始まった。

「グルァアアアアアアア！」

先手はハイオーク。

その巨体に見合わない俊敏な動きで、瞬く間に距離を詰めてくる。

そして、両手で高々と掲げた棍棒を力強く振り下ろしてきた！

「くっ！　なんて威力だよ！」

回避自体はなんとか成功するも、地面に叩《たた》きつけられた衝撃で足場が激しく振動する。

まともに喰《く》らえば、一発でＨＰが半分近く削られる恐れもある。

ホーンラビットに匹敵するスピードに、レッドボアを遥《はる》かに超えるパワー。

このまま守りに徹しても、活路は見出《みいだ》せない――なら！

「次は俺の番だ！」

力強く地面を蹴り、一気に速度を上げた俺は、敵を混乱させるようにして縦横無尽に駆けながらハイオークに迫っていく。

敵の武器は巨大な棍棒。ちょこまかと動き回る相手には攻撃を当てにくいはずだ。

「――――今ッ！」

俺の動きについてこれていないハイオークに対して、短剣で斬りかかる。

腹部をそれなりに深く斬ることができた。

しかし――

「胴体がでかいせいか、これくらいならお構いなしってか？」

ハイオークは痛がる素振りも見せず、乱暴に棍棒を振り回す。

棍棒は非常に大きいため攻撃範囲も広いが、冷静に対処すれば回避は難しくない。

むしろ棍棒を振り切った後は、俺にとって反撃に転じる大きなチャンスとなる。

「はあッ！」

「ガァアアアア⁉」

ハイオークの背後に回り、一閃《いっせん》。右脚の膝裏を斬る。

胴体に攻撃しても反応が鈍いのなら、関節を破壊して動きそのものを封じてやろうという狙いだ。

「まだまだ！」

そこからは一方的に俺のターンになった。

傷を負うごとにハイオークは混乱し、ハイオークが混乱するごとに俺が攻撃をしやすくなる。腕、脚、脇腹、背中に何度も何度も斬りかかっていく。

腱《けん》が断ち切られたせいか、既にハイオークが手にしていた棍棒は地面に落ちている。

一振り一振りのダメージは少なくとも、回数を重ねれば致命傷にも繋《つな》がる。

その調子で、トドメまで残り数回と思った瞬間だった。

ハイオークの禍々しい目に、これまでになかった光が灯《とも》る。

なんとかして一矢報いようという目だ。

ハイオークは自身の口を大きく開けて、俺の方を向く。

全身全霊の咆哮《ほうこう》を浴びせようとしているのだろう。

が――


「させると思っているのか？」

――その狙いを実行に移させるよりも早く、ハイオークの懐に潜り込んだ。

そして短剣を逆手に持ち替え、全力で振り上げる！

短剣の切っ先が深く、根元までハイオークの首に突き刺さった。

「ガ、ァァァ……」

短剣を抜くと勢いよく血が噴き出し、そのままハイオークは崩れ落ちる。

そして、鳴り響くシステム音。

『ダンジョンボスを討伐しました』

『経験値獲得　レベルが4アップしました』

『ダンジョン攻略報酬　レベルが20アップしました』

「……ふー、勝ったか」

俺とハイオークの戦いは、結果としてＨＰとＭＰ共に１も減らない圧勝に終わった。

確かに俺は成長している。そう実感できる勝利だった。

「っと、いつまでも勝利の美酒に酔っている場合じゃないな」

我に返った俺は、すぐに戦利品の回収を始めた。

帰還のための転移魔法が発動する前に済ませなくちゃいけないしな。

まずは魔石だ。ハイオークの心臓付近にある魔石を、短剣を巧みに扱い取り出す。

これ一個で売却すれば十万はくだらないだろう。

次に注目したのはハイオークの使っていた棍棒だ。当然のように鑑定を使用する。


【ハイオークの棍棒】
・ハイオークが装備していた棍棒。
・装備推奨レベル：６００
・攻撃力＋４００

「うーん、攻撃力は高いけど重くてでかいし、正直使えないな。まあ後は帰還するだけだから量は気にしなくていいし、一応持って帰って売却するか」

ハイオークの死体は大した額で売れないため、不要。

よって、これでハイオークから回収するものについては以上だ。

次はダンジョン攻略報酬について。

レベルアップの他に無事、爆煙魔石も入手することができた。これは戦闘に使用するサポート用のマジックアイテム。売れば十万近くになるが、自分で使うために持っておこう。

と、ここで俺は一つ、おかしな点に気付いた。

「あれ？　報酬はこれで全部なのか？　剣崎の剣が見当たらないが……」

事前調査ではこれともう一つ、剣崎の剣が入手できるとのことだったのだが、それが見当たらない。

確かに初挑戦、かつ短剣でハイオークにトドメを刺したはずだったんだが……。

まさかデマ情報だったのだろうか？　信頼できる情報源から入手したため、とてもそうは思えないが……。

疑問に思うも、自分一人しかいない状況では確かめる手段もなく、立ち尽くすことしかできない。

不満はあるが仕方ない。地上に帰還した後に色々と調べてみよう。

そう考え、気持ちを切り替えるが……。

「……遅いな。転移魔法はまだか？」

しばらく待つも、転移魔法が発動する様子はない。

異常事態の連続に頭を悩ませていた、その時だった。

なぜかこのタイミングで、脳内にシステム音が鳴り響く。

『本ダンジョンを初挑戦で攻略したことを確認しました』

『本ダンジョンを単独《ソロ》で攻略したことを確認しました』

『ダンジョンボスの討伐に用いられた武器が刀剣類であったことを確認しました』

『攻略者が〝刀剣類の技術上昇スキル〟を保有していないことを確認しました』

『条件：【無名の剣豪】をクリアしました』

『エクストラボス：【無名の騎士《ネームレス・ナイト》】が出現します』

「――――は？」

あまりにも突然のことだったので、何を言われたか理解することができなかった。

条件？　エクストラボス？

どうしてよりにもよって今、そんな言葉が――

「ッ⁉」

――しかし、現実は非情で、俺に考える時間をくれはしなかった。

突如として、地面から這《は》い出るようにして、ボス部屋の中心に一体の騎士が現れる。

銀色の鎧と兜《かぶと》に全身を包まれているため、中身がどのようになっているのかは見えない。

ただ分かるのは、その敵がハイオークとは比べ物にならない程に強力で、そんな敵と俺が今から戦わなくてはならないという事実だけ。

「冗談……だよな？」

俺は、ひきつった笑みを浮かべることしかできなかった。

【無名の騎士《ネームレス・ナイト》】

・レベル：１１００

・エクストラボス：剣崎ダンジョン

【天音　凛】
レベル：８０８　ＳＰ《スキルポイント》：１２１０
称号：ダンジョン踏破者《とうはしゃ》（２／10）
ＨＰ：６４４０／６４４０　ＭＰ：１６４０／１６４０
攻撃力：１６３０　耐久力：１２５０　速　度：１７１０
知　力：１１５０　抵抗力：１２２０　幸　運：１１２０
スキル：ダンジョン内転移ＬＶ12・身体強化ＬＶＭＡＸ・剛力ＬＶ４・高速移動ＬＶ４・魔力上昇ＬＶ１・魔力回復ＬＶ１・鑑定・アイテムボックスＬＶ１

第四章　無名の騎士《ネームレス・ナイト》

突如として眼前に現れたエクストラボス、無名の騎士。

そいつと相対しながら、俺は小さく舌打ちをした。

そもそも、なぜこのタイミングでエクストラボスが出現するのか。

エクストラボスは様々な条件をクリアした時にしか現れない、通常のダンジョンボスよりも遥《はる》かに強力な存在。事前の調査では、剣崎《けんざき》ダンジョンにエクストラボスの出現は確認されていなかったはずなのに……！

いや、本当はもう分かっている。

このエクストラボスと遭遇したのは、俺が初めてだったということだろう。

さっき聞こえたシステム音からも、条件がかなり複雑だったことが分かる。

「いや、それについて考えるのは後だ」

今、最も考えるべき問題は、俺がこいつに勝てるかどうかだ。

鑑定を使用したところ、レベルは１１００と表示されていた。

レベル８０８の俺が勝つのは、正直かなり難しい。

だからといって戦わないわけにはいかない。

ここはボス部屋だ。ボスを討伐するか俺が殺されるまで、扉は開かれない。

そして何より――

「――――」

「ッ」

無名の騎士は銀色の剣を構えながら、俺に迫ってきていた。

「ちっ、やるしかないのか！」

覚悟を決めろ。

こうなってしまえば、もうコイツを倒すしか選択肢はない。

俺は夢見の短剣を構え、応戦の構えを取った。

まず初めに、無名の騎士が振り下ろす剣を短剣で受け止めようとする。

しかし、

「くそっ、なんて重さだ！」

剣そのものの重量に加え、切っ先から伝わる無名の騎士の圧倒的な膂力《りよりよく》。

俺のステータスでは受け止めることはできず、なんとか力を受け流すことで対応する。

「――ッ！」

だが、無名の騎士の猛攻はこれだけでは終わらない。

先ほどのハイオークが棍棒《こんぼう》を両手で持っていたのに対し、無名の騎士は剣を片手で持っているからだろう。短いスパンで次々と剣を振るってくる。

それでいて、威力は棍棒を遥かに凌駕《りょうが》していた。

俺はギリギリのタイミングで攻撃を躱《かわ》していく。

だが、このままじゃ防戦一方だ。

どこかのタイミングで反撃を試みなければ！

「っ、今ッ！」

僅かな隙を見つけ、短剣を敵の横腹に振るう。

カンッ！

「……マジかよ」

だけど結果は残酷だった。

刃は簡単に弾《はじ》かれ、鎧《よろい》にはかすり傷しかつけることができなかった。

「――――」

「なっ！」

戸惑う俺に対し、無名の騎士が放ってきた次の一撃は意外なものだった。

剣を振るうフェイントの後、右脚で力強い蹴りを放ってくる。

なんとか寸前に両腕でガードしたが、俺の体は軽々と吹き飛ばされてしまった。

「いってぇ……！」

蹴りを浴びた瞬間、ミシリと嫌な音が鳴っていた。

骨は折れていないようだが、もう一度喰《く》らったらそうも言ってはいられないだろう。

その証拠に、今の一撃でＨＰ《ヒットポイント》が６４４０から５７８０に減少していた。

両腕でガードしていたのに、だ。

これが、俺と無名の騎士の実力差。

だが、嘆くのはまだ早い。今の攻防で敵の特性を把握することができた。

恐らく、敵はステータスのパラメータで言うところの、攻撃力と耐久力の特化型。

速度に関してはまだわずかに俺の方に分がある。

今の一撃を喰らってしまったのは、あくまで予想外の攻撃だったからだ。

となると、方針は先ほどのハイオーク戦と同じ。

全力で敵の攻撃を回避した上で、隙を見つけて反撃する。

そして狙う場所は肘と膝。全身が鎧で覆われていたとしても、可動域である関節部分の強度は他の部分よりも低いはずだ。

「さあ、ここから先は、お前の好きにはやらせないぞ」

そして、緊迫の第二ラウンドが始まった。

そこからは一進一退の攻防が続く。

無名の騎士の剣撃をかいくぐりながら、何度も何度もしつこく短剣で斬りかかっていく。

攻撃を浴びせているのは、俺から無名の騎士に対してのみ。

一見優勢に思えるかもしれないが、劣勢なのはむしろこっちだった。

無名の騎士は一撃の破壊力が高すぎる。一発でもまともに喰らえば俺の負けだ。

それに対して、俺の攻撃を数十回浴びせても、無名の騎士にダメージは入らない。

それでも、俺は諦めることなく攻撃を繰り返す。

徐々に集中力は高まり、神経は限界まで張りつめられていた。

少しずつ俺の剣撃が相手を圧倒し始める。

「あと、少し……！」

努力の甲斐《かい》があってか、無名の騎士の両肘付近の鎧はそれなりに脆《もろ》くなっていた。

やはり、関節部分はそもそもの強度自体が低いようだ。

あと一回、まともな攻撃を浴びせることができれば鎧を破壊することができるはず！

「――――ッ」

そして、とうとう訪れたその瞬間を、極限まで集中力を高めた俺は逃さなかった。

剣を振るった無名の騎士の体勢が、いつもよりわずかに大きく崩れる。

「ここだ――ッ！」

その隙を見逃さないよう、これまでより短剣を大きく振りかぶり、敵の右肘目掛けて全力で振り下ろした！

「よしっ！」

すると狙い通り敵の鎧は砕け、そのまま右腕を斬り飛ばすことに成功した。

これであとは左腕も同じように斬り飛ばせば、そのまま倒すことができるはず――

「……え？」

――そんなふうに考えた俺の右手首が、突然何者かに掴《つか》まれた。

この場には俺と無名の騎士しかいない。

当然、掴んだのは無名の騎士で――

「――――」

「ッ！」

兜に隠されて、敵の表情は分からない。

それなのに、俺はなぜか無名の騎士が笑っていることを確信した。

「まさか――」

今の一連の行動は作戦だったのか!?

俺にスピードでは勝てないことを見抜いた上で、隙を生み出すために右腕を餌にした。

そして強力な一撃を浴びせるために俺の振りは大きくなり、攻撃後の硬直が長くなったタイミングで右手首を掴んだのだ。間合いの近さから、剣での攻撃は間に合わないと踏んだ上での選択だったのだろう。白銀の剣は地面に投げ捨てられていた。

魔物にこれだけの知能があることも、簡単に自分の体を犠牲にしたことも理解できない。

けれど、きっとそう考えてしまう時点で俺は敵の術中にはまっていたのだ。

魔物は、人間に理解できるような存在ではないのにもかかわらず。

思考に浸れたのはそこまでだった。

無名の騎士の鋭い蹴りが放たれる。

ガードは間に合わず、つま先が俺の腹に深く突き刺さった。

その勢いのまま、俺は遥か後方に吹き飛ばされる。

「が、はっ」

背中から壁にぶつかり、肺から空気が漏れる。

後頭部から血が流れていくのが感触で分かった。

ＨＰが一気に９８５にまで削られる。１０００を、切った。

もはやまともに動くことさえ難しい。

体力回復薬を飲もうにも、俺が持っている中級のものはせいぜい１０００しか回復せず、二本目を飲むには十分、間を空ける必要がある。

無名の騎士はというと、一時的に地面に投げ捨てた剣を片手で拾った後、俺の方へゆっくりと歩き始めていた。

ヤツが俺の前に辿《たど》り着くまでが、最後の猶予期間なのかもしれない。

……終わり、なのか？　こんなところで？

認めたくないが、現実は残酷で。

俺にトドメを与える存在がすぐそこにまでやってきている。

対する俺は、なんとかまだ少しは体を動かすことができるものの、先ほどまでのように速く繊細な動きは不可能だ。

勝ち目など、一切ない。

「いや……まだ、一つだけあったか」

そこで俺は残された最後の可能性を思い出す。

それは俺だけに許された力――ダンジョン内転移《ないてんい》。

今俺がもたれかかっている壁は、偶然にもボス部屋の扉だった。

通常ならばボスか挑戦者が死ぬことでしか開くことはないが、ダンジョン内転移ならば扉の向こう側に逃げることができるかもしれない。

その後、ボスが死なず挑戦者がいなくなったボス部屋がどうなるかは不明だが、そんなことに気を使っていられる余裕はない。

ああ、そうだ。そうしよう。

だって、きっとそれがこの状況における最善手。

頭のいい、正しい選択なのだから。

だから、俺は。

俺は――――。

◇◆◇

永遠にも思える、数瞬の思考の果て。

勝ち目のない強敵を前にし、俺は理解した。

こうなってしまったからには、ダンジョン内転移で逃げるのが正しい選択だと。

だから、俺は。

「悪いな、時間稼ぎだ」

アイテムボックスから入手したばかりの爆煙《ばくえん》魔石《ませき》を取り出し、魔力を込めてから無名の騎士目掛けて投げた。

次の瞬間、爆煙魔石は激しい爆発音と共に、大量の煙を辺りに噴出した。

これによって俺と無名の騎士はお互いの姿を目視できなくなる。

「――――!?」

煙の奥で、無名の騎士が戸惑っているのが分かる。

この煙は視界を奪うだけではなく、魔物が嫌がる成分がふんだんに含まれているため、本能的に忌避感があるのだろう。

ただ、さすがは知能のある敵といったところか。

無名の騎士は数秒も経《た》たないうちに、剣を力強く振るうことで煙を払う。

だけど無名の騎士が俺を目視できるようになった時、既にそれを発動するための時間は稼ぎ終えていた。

そして俺は、現状を打破する一手を口にする。

「ダンジョン内転移」――と。

俺の保有するユニークスキル【ダンジョン内転移】が無能だという噂《うわさ》が広まった時、周囲の冒険者から口々にこう言われた。

お前は冒険者に向いていない。

冒険者を辞めて、普通の職業についた方がいい。

この先、ダンジョン内転移が有用なスキルに覚醒すると信じるのは意味がないと。

本当は俺も分かっていた。きっと、彼らの言葉の方が正しいと。

ただ妄信的に自分を信じ、強くもなれない、稼げもしない冒険者を続けている自分の方が間違えているって。

それでも俺はただひたすらに、努力を積み重ねた。

正しくなくても関係ない。

どれだけ愚かでも構わない。

自分の信念を貫く方が、周りが言う正しい道とやらを歩むことより、よっぽど大切だと思ったから。

だから、今、この場所で。

絶体絶命のこの状況で、ダンジョン内転移を発動して逃げることこそが正しい選択だったとしても。

そんなもの――――心の底から、くそったれだと否定してやる！

正しさの前に頭《こうべ》を垂れるなら。

絶望の前に膝を折るなら。

実現困難な夢の前に足を止めるなら。

きっと、俺は――――


「とっくの昔に、冒険者なんて辞めてるよ」


――――そんな、俺の言葉を聞いて。

俺に背中を向ける無名の騎士は、驚愕《きょうがく》したかのように急いで振り向こうとする。

だが、もう遅い。

俺は夢見の短剣を両手で構えていた。

俺が爆煙魔石を投げた後、ダンジョン内転移を発動するまでにしていたことが二つある。

一つは中級の体力回復薬を飲み、ＨＰを９８５から１９８５まで回復させること。

そしてもう一つは新たなスキルの選択だ。

あの一瞬で、俺はステータス画面を操作してとあるスキルのレベルを上げた。

１１００ＳＰ《スキルポイント》を使用し、攻撃力を上げてくれる剛力をLV４からLV６に。

これによって攻撃力が＋５００から＋１０５０に上がった。

その後は説明するまでもない。

ダンジョン内転移を発動した俺は部屋の外ではなく、無名の騎士の背後に転移したのだ。

全ては隙だらけの敵に、決定的な一撃を浴びせるために。

ダンジョン内転移は発動に時間がかかるため、戦闘中にそう何度も使うことはできない。

これが最後の機会《チャンス》だと考えるべき。

――今こそ、反撃の瞬間《とき》だ！

「喰《く》らええええッ！」

力強い踏み込みと共に、夢見の短剣の切っ先を無防備な背中めがけて全力で突き刺す。

限界まで高めた攻撃力のおかげか、これまではかすり傷を与えるのが精いっぱいだった鎧《よろい》に大きなヒビが入った。

しかし、あまりにも出力が高すぎたのだろうか。

その代償に、短剣の刃が粉々に砕け散った。

だが――

「まだだ！」

俺は諦めない。

アイテムボックスからオークの石斧《せきふ》を取り出し、再び振るう。

使用感は短剣とかなり異なるが、鎧を破壊するならむしろこちらのほうが適している！

その予想は的中した。石斧によって、無名の騎士の背中側の鎧が粉々に砕け散る。

「あと一撃——ッ!?」

しかし、このままやられてくれるほど無名の騎士は甘くなかった。

驚くべき反応でその身を翻し、俺と真正面から向かい合う。

ただ、それすらも俺の想定内だった。

「もう一本、もらっていくぞ！」

無名の騎士が攻撃に移るよりも早く、石斧をヤツの左肘に向かって振り下ろす。

そして、鎧ごと腕を叩《たた》き切った。

左腕と剣が、勢いよく宙に舞う。

両腕を失い、武器を扱うこともできず。

普通ならば全てを諦めてしまうこの状況で、なお無名の騎士は抗《あらが》う意思を見せる。

「アァァァァアアアアアアアアア！」

言葉にならない咆哮《ほうこう》を上げ、鎧の奥の瞳が赤く光る。

死ぬ直前になって、ようやく全てのリミッターが解除されたかのように。

だけどもう、お前に手番は渡さない！

「今度こそ、終わりにしよう」

石斧を投げ捨て、俺は空中を舞う剣を両手で掴むと、上段に構えた。

鑑定を使用する余裕がないため確認できないが、これだけの強敵が扱っていた剣だ。

夢見の短剣やオークの石斧とは比べ物にならない性能なのだろう。

驚くような力が、剣から伝わってくる。

今、この体は限界を超える。

理性を捨て本能のままに襲い掛かってくる無名の騎士の突進を、真正面から迎え撃った。

「うおぉぉぉぉおおおおおおおお！」

「ガァァァァァアアアアアアアア！」

天地一閃《いっせん》。

上段から真《ま》っ直《す》ぐ振り下ろす、ただそれだけの攻撃。

単純だからこそ、最大火力の一撃となり得る。

そしてその可能性は今、現実のものとなった。

体を真っ二つに両断された無名の騎士が、その場に崩れ落ちていく。

立っているのは、剣を振り終えた姿の俺だけだった。

俺は剣を杖《つえ》のようにして崩れそうになる体を支えると、今はもう灯の消えた強敵に向けて、最期の言葉を投げかける。

「……間違いなく、俺が今まで出会った中で最強の敵だったよ――無名の騎士」

かくして、俺は無名の騎士に勝利するのだった。

◇◆◇

『エクストラボスを討伐しました』

『経験値獲得　レベルが52アップしました』

『エクストラボス攻略報酬　レベルが30アップしました』

『称号：【無名の剣豪】を獲得しました』

脳内に鳴り響くシステム音の数々。

格上の敵をソロで討伐したことによる大量の経験値獲得によって52レベル。エクストラボスを討伐したということで30レベル。合計82レベルアップした。

普通の冒険者からすれば望外な結果なのだろうが、正直俺からすれば手放しに喜べるような内容じゃない。

命をかけずとも、Ｄランクダンジョンでも周回すれば簡単に辿《たど》り着ける数字だからだ。

ただレベル以外に焦点を当てるならば、かなりの儲《もう》けものが存在する。

俺は新たに手に入れた剣に向かって、鑑定を使用した。


【無名の騎士の剣】
・無名の騎士が装備していた剣。
・装備推奨レベル：１１００
・攻撃力＋１１００
・敵（人・魔物）のレベルが自分より高かった場合、ＨＰとＭ　Ｐ《マジックポイント》を除くステータスの全パラメータを＋20％。

それがこの【無名の騎士の剣】だ。

少し長いので、これからは無名剣《ネームレス》と呼ぶことにしよう。

無名剣はかなりの高性能だった。常時性能が攻撃力＋１１００に加え、敵のレベルが俺より高い場合には、ＨＰとＭＰ以外のステータスが20％上昇というおまけつき！

格上と戦うことはこれから先も必ずある。その時にきっと役立ってくれることだろう。

装備推奨レベルが１１００なのが少しアレだが、先ほど振ってみた感覚的にはそこまで使いにくくはなかった。恐らくは、攻撃力パラメータを上昇させるスキルを保有していたからなんじゃないかと思う。

なんにせよ、今後絶対に必要となる武器だ。今すぐ使用するにせよ、１１００レベルを超えてから使用するにせよ、心強い相棒となってくれることを信じている。

「ただ、その代償として夢見の短剣は壊れちゃったんだけどな」

今日に至るまで、長きにわたって共に戦ってくれた相棒だ。それが壊れてしまったことにほんの少し物寂しさを感じてしまうのは、自然なことなんだろう。

「今までありがとな」

というわけで、最後に感謝の言葉を伝えておいた。

意味なんてないことは分かっているが、俺の心の整理の問題だ。

さて、武器の確認も終え、次に注目すべきは称号だ。

新しく【無名の剣豪】とやらが獲得できたみたいなので確認してみる。


【無名の剣豪】
・他者に頼ることなく、刀剣と自らの力のみで困難を乗り越えた者に与えられる称号。
・称号保持者がレベルアップした際、装備している刀剣類の武器の性能もアップする。
・刀剣類の技術上昇スキルを保有している場合、この称号効果は発揮されない。

そこには、驚くような内容が書かれていた。

「レベルアップするごとに、武器の性能もアップときたか……これ、かなりすごいんじゃないか？」

たとえば、無名剣を装備しながらレベルアップすれば、基本攻撃力や特殊能力の数値が上昇したりするってことだよな？

……もしかしたら、とんでもない当たり称号なのかもしれない。

「まあ、その代わりの条件も厳しいんだけどな」

刀剣類の技術上昇スキルを保有している場合、この称号効果は発揮されないときた。この称号効果を発揮したいならば、剣術などのスキルを獲得してはいけないというわけだ。

……それらのスキルを獲得できなくなるのは痛いが、必ずしも必須スキルなわけじゃない。俺の戦い方自体、普通の剣士とは違ってかなり変則的な部分もあるからな。

どうしても必要になったなら、その時は称号効果を捨てて、そちらを選べばいいだけだ。

「なんにせよ、ありがたく使わせてもらうとしよう」

俺は少し弾んだ声でそう呟《つぶや》くのだった。

ちなみに、無名の騎士から魔石を取り出すことはできなかった。体を両断した際、魔石も破壊してしまっていたらしい。取り出せていたら高額で売却できていただろうに……もったいないが仕方ない。そんなことを気にしてられる状況じゃなかったからな。

「っと、そろそろ時間か」

今度こそ帰還の転移魔法が発動するみたいだったので、急いでダンジョンの外に持ち帰る物を回収する。

ここまで入手してきた魔石、オークの石斧、ハイオークの棍棒《こんぼう》、それから無名剣をアイテムボックスの中に入れる。容量はもう限界だった。

するとタイミングよく転移魔法が発動し、俺は帰還《きかん》区域《くいき》に運ばれた。

その後、無名剣を除いた全ての迷宮資源を売却することにした。

爆煙魔石が残っていたら売らずに残していたんだけどな。何かと便利だし。

まあ、これから何度も挑戦することになる。その時に集めればいいだろう。

最終的に俺はこの剣崎ダンジョンにて、レベルが１１２アップし、七十二万円を稼いだ。

こうして、長い長い、剣崎ダンジョンでの一日が幕を閉じるのだった。

【天音《あまね》　凛《りん》】

レベル：８９０　ＳＰ：１０１０

称号：ダンジョン踏破者《とうはしゃ》（２／10）・無名の剣豪

ＨＰ：２６４０／７１００　ＭＰ：１７７０／１８００

攻撃力：１７９０　耐久力：１４５０　速　度：１８７０

知　力：１２５０　抵抗力：１３２０　幸　運：１２２０

スキル：ダンジョン内転移LV12・身体強化LVMAX・剛力LV6・高速移動LV4・魔力上昇LV1・魔力回復LV1・鑑定・アイテムボックスLV1

―――――――――――

第五章　同じ憧れを抱く者

無名の騎士《ネームレス・ナイト》との戦闘後。

イレギュラーな事態が続き疲労も溜《た》まっていたため、俺はそのまま帰宅した。

そして翌日。十分な休養を取った俺は、再び剣崎《けんざき》ダンジョンにやってきていた。

目的はもちろん、高速周回によるレベルアップ――の前に、一つ確かめておかなければならないことがあった。

昨日入手した武器、無名剣《ネームレス》を実戦に導入するか否かについてだ。

というのも、無名剣は性能だけを見たら申し分ないが、装備推奨レベルが１１００であり俺はまだそこに到達していない。

無名の騎士を倒した際に使用したのも一瞬のことだったし、メイン武器として扱えるのかどうかについては、まだ不明なままなのだ。

そんなわけで、実際に試してみるため、俺は無名剣を手にダンジョンの中に入った。

「ふむ、だいたい分かってきた頃合いかな」

剣崎ダンジョンを普通に攻略すること二時間半。

オークなどの魔物を倒しながら、俺は十五階層に到着していた。

魔物がいない辺りで一旦腰を下ろすと、自分のステータス画面を確認する。

ＨＰが７１００から６６８０に減少していた。

「うーん、やっぱり無名剣を装備したままだと、どう頑張っても少しはダメージを負うんだよな。攻撃力自体は圧倒的に増してるから、一長一短なんだろうけど」

一応、両手で持つことで無名剣を使用することはできた。

攻撃力が上がったため、魔物もたった一撃で両断できる。

ただその代償として、俺の動きが少し鈍くなってしまっていた。

「無名の騎士と戦った時にはあまり気にならなかったんだけど……もしかしたらあの時は敵のレベルが俺より上だったから、無名剣の特殊効果でステータスが上昇して普通に扱えただけなのかもな」

反面、今日戦った魔物たちは俺より格下。ステータスが上昇することもなく、装備推奨レベルに届いていない影響がもろに出ているのだろう。

あとは短剣から長剣に変わったことで、速度重視の戦い方が難しくなっているというのもあるかもしれない。

これらを考えた末に辿《たど》り着いた結論は、無名剣のポテンシャルには期待できるものの、現時点でその力を全て発揮することは難しいというものだった。

「仕方ない、いったん地上に戻って短剣を購入するか」

剣術スキルや短剣術スキルを保有していない俺の数少ない利点が、使用する武器の種類に固執する必要がないということ。

長剣と短剣を、それぞれ適した場所で使い分けることが可能だ。

今後の方針を決めた俺は、地上に向かってダンジョン内を戻っていく。

この装備のままでもハイオークに勝てるとは思うが、またエクストラボスが現れて戦う羽目になったらシャレにならない。

ダンジョンボスに挑む際は万全な状態で、だ。

二時間弱で地上に戻ってきた俺は、さっそく冒険者用の武器を販売している店に向かう。

剣崎ダンジョンは都心近くに存在するため、歩いて十分足らずで到着することができた。

中に入ると、女性店員が笑顔を浮かべながら話しかけてくる。

「いらっしゃいませ、お客様。冒険者カードをお見せいただいてもよろしいですか？」

「はい」

冒険者用の武器は、冒険者資格を保有している者にしか販売できないことになっている。

そのため、入店時には冒険者カードのチェックが必須となっているのだ。

店員は俺の冒険者カードを確認し、小さく頷《うなず》いた。

「Ｄランク冒険者の方ですね。本店舗ではＥランクからＣランク向けの商品を多数置いていますので、気に入る物があるかと思います。Ｄランク冒険者向けの商品はこちらとなっています。ご案内いたしますね」

そう告げる店員を見て、俺は思った。

……ああ、そういえばまだ、Ｄランクの記載のままだったな、と。

というのも、冒険者カードの攻略済みダンジョン欄を更新するには、攻略前にダンジョン管理人に申請し、実際に攻略後、攻略報酬を見せて認定される必要がある。

昨日の段階で俺はその条件をクリアしていたが、とある事情から申請はしていなかった。

その事情というのはもちろん、攻略したことを伝えてしまえば、一週間は剣崎ダンジョンに挑戦できなくなってしまうからだ。

そのため俺の攻略済みダンジョン欄は、現在もまだＤランクの夕凪《ゆうなぎ》ダンジョンのまま。

店員はそれを見て俺がＤランク冒険者だと判断したのだろう。

けれど、今の俺が求めているのはＣランク向けの武器だ。

「いえ、大丈夫です。俺が用があるのはこっちなので」

「えっと、お客様、そちらはCランク向けのコーナーになっていますが……」

少し戸惑った様子の声を聞きながら、俺はそちらに歩を進める。

特殊なガラスケースの中には、ずらりと商品が並んでいた。

「さて、どれにするか」

使い勝手の良さそうな短剣がないか見ていくが、やはりCランク向けということもあり、かなり高価だった。最低価格の物でも百万円を超えている。

これは下手な買い物はできない。鑑定も使用しながら見ていくことにしよう。

「やっぱり攻撃力が上がるほかに、特殊能力があるやつは価格が高いな。確かに惹《ひ》かれるけど、今の俺にはそこまで必要ないし……おっ」

途中で気になったものがあったため、店員に頼んだ上で取り出してもらう。

短剣の形から握り心地まで、以前使用していた夢見の短剣と似ていて感触が良かった。


【霧《きり》久《く》地《じ》の短剣】
・霧久地ダンジョンのダンジョンボスをソロかつ短剣のみを使用して討伐した際に与えられる報酬。

・装備推奨レベル：８００
・攻撃力＋５００

「うん、特殊能力はないけど性能はいいし、レベル制限も問題ないな。値段は……二百万か。結構な額だな」

けれど払えない額ではない。剣崎ダンジョンを周回すれば、すぐに元は取れるだろう。

俺はこの霧久地の短剣を購入することに決めた。

と、ここまでは良かったのだが――

「お、お客様、やはり考え直した方がいいと思いますよ？　その短剣は確かに優秀ですが、価格がお高めですし、何よりＤランク冒険者には扱いきれないと思います」

店員はあたふたとしながら、購入を止《や》めさせようとしていた。

店員の言うこと自体は正しい。多くのＤランク冒険者にとって、二百万は貯金全てを合わせてようやく達成できる額。彼女からは俺が大金を使い果たして、身の丈に合わない武器を購入しようとしている風に見えたのだろう。

店の利益のことだけを考えれば、何も言わず売ってしまった方がいいだろうに。

わざわざ忠告してくれるということは、この店員はいい人なんだろう。

「大丈夫ですよ、この剣の価値は分かっています。それに、お金についても……」

「えっ？」

アイテムボックスの中から、ドンッと、二百万円分の札束を取り出す。

それを見て、店員は目を丸くしていた。

「この通り、この場で全てお支払いできますから」

店員はしばらくポカーンとした表情を浮かべた後、にこりと営業スマイルを浮かべ、

「ご購入、ありがとうございます！」

元気よく、そう告げるのだった。

剣崎ダンジョンに戻ってきた後、再度攻略に挑戦する。

今度は無名剣ではなく、霧久地の短剣を手にして。

そして今、俺は十五階層でレッドボアを相手にしていた。

「はあッ！」

刃《やいば》がレッドボアの皮に深く突き刺さり、スライドさせることで大きな裂傷が生じる。

レベルやスキルが成長し、武器も変わったからだろう。前回挑戦した時とは違い、短剣

だけで簡単にレッドボアを討伐することができた。

レッドボアは売却価格が非常に高いが、大きさと重量があり持ち帰るのは困難だったため、これまでは放置していた。

しかし短剣購入に大金を使用した今、できればこれも資金源にしたいところだ。

今後も様々な装備やマジックアイテムを購入していくことになるだろうしな。

「どこかのタイミングでアイテムボックスのレベルを上げようと思っていたけど、今がその時だな」

１０００ＳＰ《スキルポイント》を使い、アイテムボックスをＬＶ１からＬＶ３に上げる。

これでかなり収納できる量が増えたはずだ。

レッドボアの死体がダンジョンに吸収されて消滅する前に、アイテムボックスの中に入れる。よし、この調子ならまだまだ中に入りそうだ。

次からレッドボアの死体はできるだけ回収することにしよう。

「じゃあ、改めて出発っと！」

気合を入れて、最深部を目指し出発した。

慣れた短剣を使用していることもあり、三十階層に辿り着くまで三時間程度で済んだ。

ちなみに、ここにくるまでに経験値獲得で２レベルアップしている。

目の前にはボス部屋に繋《つな》がる扉があり、さっそく挑戦する——

「——前に、まずは武器を変えなくちゃな」

ここでいったん霧久地の短剣をアイテムボックスに保管し、代わりに無名剣を取り出す。

わざわざこんなことをするのには、昨日手に入れたとある称号が大きく関係している。

【無名の剣豪】

・他者に頼ることなく、刀剣と自らの力のみで困難を乗り越えた者に与えられる称号。

・称号保持者がレベルアップした際、装備している刀剣類の武器の性能もアップする。

・刀剣類の技術上昇スキルを保有している場合、この称号効果は発揮されない。

無名の騎士討伐後、入手した称号【無名の剣豪】。

この称号の効果は、俺がレベルアップした際に装備していた武器の性能もアップするというものだ。

「霧久地の短剣と無名剣じゃ、無名剣の方が武器としては圧倒的に優秀だからな。無名剣の性能を上げるために、ダンジョンボスに挑む時だけはこっちを使うことにしよう」

ハイオークのレベルは俺より下であるため、無名剣の特殊能力は発動しない。

そのため、装備推奨レベルに届いていない今の俺では多少の扱いづらさはあるのだろうが、将来的なことを考えればこうするのが最善であると判断した。

「よし、いこう」

覚悟を決めて、ボス部屋に入る。目の前に現れるのはダンジョンボス、ハイオーク。地面を容易《たやす》く粉砕するほどの膂力《りよりよく》が特徴的な、強力な魔物だ。

それでも、負ける気は一切しない。

「さあ、養分になってもらうぞ」

そして戦闘が始まった。

巨大な棍棒《こんぼう》を乱暴に振り回してくるハイオーク。前回の対戦ではそれを全て回避した上で反撃するという作戦を取っていたのだが、今回それは難しそうだ。

だからといって、ただ不利な状況で戦ってやる気はない。

速度が衰えたとしても、攻撃力に関しては比較にならないほど上昇している。

今度は真正面から叩《たた》きのめしてやればいい！

「これでどうだッ！」

無名剣を力強く振り上げ、頭上の棍棒を弾《はじ》き飛《と》ばす。

まさか力負けするとは思っていなかったのか、ハイオークは驚いたようにのけぞった。

……速度が衰えたといっても、これだけ大きな隙があれば話は別だ。

十分、全力の一撃を浴びせられる！

「喰《く》らえ！」

一閃《いっせん》。

ハイオークのどでかい胴体を、深く切り裂いた。

「ガァァァアアアアア！」

ハイオークは痛みを誤魔化《ごまか》すように、その場で咆哮《ほうこう》する。

たった一撃であれだけの大ダメージ。この方法でも十分通用しそうだ。

「さあ、あと何発耐えられるかな？」

戦闘を繰り広げること、約三分。

俺の攻撃を八回喰らったところで、ハイオークは倒れるのだった。

『ダンジョンボスを討伐しました』

『経験値獲得　レベルが２アップしました』

『ダンジョン攻略報酬　レベルが20アップしました』

「さすがに今回は、エクストラボスとの戦いはないみたいだな」

攻略報酬として爆煙《ばくえん》魔《ま》石《せき》を受け取りながら、俺はそう呟《つぶや》いた。

まあ、そう何度もあんなイレギュラーが起こったりはしないよな。

「さて、レベルが合計22上がったけど……称号の効果の方はいかほどかな」

俺は鑑定を無名剣に使用した。

【無名の騎士の剣】

・無名の騎士が装備していた剣。

・装備推奨レベル：１１２０

・攻撃力＋１１２０

・敵（人・魔物）のレベルが自分より高かった場合、ＨＰ《ヒットポイント》とＭＰ《マジックポイント》を除くステータスの全パラメータを＋20％。

「攻撃力が＋20か……結構上がったな」

1レベル上昇につき、だいたい＋1といったところか。これが今回だけでなく、レベルアップするごとに生じるのだ。かなり優秀な称号だということを実感する。

「っと、魔石を回収しないとな」

分析もほどほどに、ハイオークから魔石を回収する。

その後転移魔法が発動し、俺は帰還区域《きかんくいき》に戻った。

「ところで、今は何時だ？」

時計で確認してみると、午後四時を少し過ぎたあたりだった。

体力にも余裕があるし、もう一周くらいならいけるかもしれない。

いや、ダンジョン内転移《ないてんい》を利用した高速周回なら四～五回は可能だろうか？

「ダンジョン内転移」

帰還区域に他の冒険者がいないことを確認した後、再び剣崎ダンジョンの中に入る。

そしてダンジョン内転移を使用するのにいいスポットはないかと探していた、そんな時だった。

「……凛《りん》？」

突如として、俺の名前が呼ばれたのは。

少々驚きつつも、声のした方向に視線を向けると、そこには昨日知り合ったばかりの少女——黒崎零《くろさきれい》が立っていた。

手には、黄緑の刀身が特徴的な剣が握られている。

……なんか刀身が揺らめいているように見えるんだけど、気のせいかな？

まあ、それは置いておくとして。

「誰かと思ったら零か。ずいぶんと早い再会になったな」

「うん、昨日ぶり」

零は無表情のままこくりと頷《うなず》いた。昨日キング・オブ・ユニーク被害者の会を設立した時はテンションが高かっただけで、こちらが素のようだ。

それにしても、気になることがある。

「今日は風見《かざみ》たちと一緒じゃないんだな」

「うん。ずっと風見さんたちに付き添ってもらうわけにはいかないから。昨日は一緒に二十階層まで行ったけど、その時に十階層までならわたしだけでも十分行けると判断した。だからレベルを上げにきたの」

「なるほど」

俺は納得するとともに頷いた。

確かに昨日、風見は零のレベルが５００を超えていると言っていた。

レベル６００のハイオークを討伐するのは難しいとしても、比較的弱い、浅い階層の魔物と戦うことは可能だろう。

とはいえ複数体と同時に戦うことはあるし、完全に安全とは言えないんだが……零の態度を見るに、それを踏まえた上で問題ないと言っている気がした。

これから俺は剣崎ダンジョンを周回するつもりだが、ダンジョン内に零という知り合いがいることは考慮しておく必要がありそうだ。

周回中に再び遭遇してしまったら、変に疑われるかもしれないからな……。

「それじゃあ、そろそろ俺は先にいくよ……ん？」

そんなことを考えながら、零と別れようとする俺の手を、なぜか彼女は掴《つか》んだ。

いったい何のつもりなのか。

動揺する俺に対し、零は強い意志が籠った目をまっすぐこちらに向けると、潤いのある桜色の唇を小さく開いた。

「せっかくの機会。凛、わたしと一緒にいこう」

「…………へ？」

俺の口から、そんな間抜けな声が漏れるのだった。

◇◆◇

それから数十分後。俺と零は五階層を歩いていた。

結局あの後、俺は零の提案を受け、一緒にダンジョンを攻略することになったのだ。

濁りのない、綺麗《きれい》な瞳で見つめられて断りにくかったというのもあるが、それ以上に俺は彼女の実力に興味があった。

冒険者になってからたった三か月で、どうすれば５００レベルになれるのか。その理由の一端を、一緒に魔物と戦うことで知れるかもしれないと考えたのだ。

それに、零がどうして俺と一緒に攻略したいと思ったのかも気になったからな。

とまあそんなわけで、一緒に歩き始めたのはいいんだが……。

「…………」

「…………」

両者の間に会話はなく、少しだけ気まずい時間が流れていた。

俺と零が、どちらも自分から会話を切り出すタイプではないせいだろう。

正直、会話がないこと自体は問題ないんだが、意思疎通をできずにいたままだと魔物と戦う際に連携を取れない恐れがある。

零から俺を誘ったわけだから、向こうから何か話しかけてくれればいいとも思うんだが、それは年上の俺の役目だということだろうか。

……ん？　待てよ？　そもそも、零は年下なのか？　よくよく考えてみたら、冒険者になったのが最近ってだけで、年齢までは聞いていなかった気がする。

よし、こうなれば定番の質問で場を繋《つな》ごう。

「零、年齢と趣味を訊《き》いてもいいか？」

言った後で理解する。これ、お見合いの時の質問じゃん。

零を見てみると、下を向いたまま無言を貫いていた。

もしかしたら話題を間違えてしまったのかもしれない。

しかしながら、零はただ何かを考えこんでいただけらしい。数秒の間を置いた後、戦々恐々とする俺に向かって言った。人差し指を唇に当てながら。

「年は十七。趣味は……秘密」

どうやら現在の関係で教えてあげられるのは年齢まで、ということらしい。

「凛は？」

そんな感想を抱いていると、次は俺が訊かれる側になった。

「十九歳だ。趣味は……」

なんだろう。改めて訊かれたら、答えにくい質問だな。

ここ最近はダンジョンにしか潜っていないし、それ以外の時間は華《はな》と家で過ごしているくらいだが。……妹と同じ時間を過ごすこと、って答えるのはちょっとなあ。まるで俺がシスコンみたいじゃん。

仕方がない、学生の頃を思い出そう。

「マンガとかゲームとかかな。最近は忙しくてなかなか触れてないんだけど」

「——っ、そ、そうなんだ」

どうしたんだろうか。俺の答えを聞いた零は、どこか落ち着きをなくしていた。

もしかして、こういった趣味をあまり快くは思わないタイプか？　昔ならともかく、最近はもう世間一般でも偏見はないと思っていたが……まあ、何を思うかは人それぞれだしな。ここは変に掘り下げず話題を切り上げよう。

「ち、ちなみにだけど、凛はどういった作品が好——」

「そろそろ魔物が出てきそうだな。気を引き締めて行こう」

あいにく、俺と零の言葉が重なってしまった。

「悪い、かぶったな。何を言おうとしたんだ？」

「……むぅ。なんでもない。先を急ごう」

「………？」

スタスタと歩いていく零。

なんでもないとのことだったので、俺はそれを信じて後をついていくのだった。

それから数分後、ようやく俺たちは魔物と遭遇した。

現れたのは、石斧《せきふ》を手にしたオークが四体。

俺は霧久地の短剣を、零は黄緑の刀身が特徴的な剣を素早く構える。

「俺は左の二体をやる」

「わかった。わたしは右」

まだお互いの実力や戦い方を知らない状態なので、ここは同数ずつ相手にするのが一番だろうと判断した。零も同意見なのか、こくりと頷く。

そして戦闘が始まった。

力強く地を蹴り、オークの群れに突撃。

相手が反応するよりも早く、俺が担当する二体に斬りかかった。

「……ん？」

手に伝わるのは、確かにオークを斬った感触。だけどどこか違和感を覚えた。

……いつもより、皮膚が硬い？

「ガァア！」

「ルァア！」

しかし、いつまでも考え事をしている余裕はなかった。

二体のオークは連携を取りながら、石斧を俺に向かって振るう。

一つ目の石斧は軽いステップで躱《かわ》し、二つ目の石斧は短剣で受け止める。

が――

「――っ、重い⁉」

――想定外の重さを感じたため、急遽《きゅうきょ》、短剣をスライドさせて受け流しに転じた。

ドォン！　という音を鳴らし、俺のすぐ横の床が浅く凹《へこ》んだ。

「これはいったい……」

この時点で、俺の中の違和感は確信に変わりつつあった。

最後の根拠を得るために、鑑定を使用する。

――――――――――――

【オーク】

・レベル：600
・棍棒《こんぼう》や斧《おの》などを武器に使用する、豚の顔をした全身茶色の魔物。速度はないが、尋常ならざる膂力《りよりよく》から放たれる一撃が強力。

「レベル600!?」

そこに表示されたのは、この低層には明らかに見合わない数値だった。

原因は不明。それでも分かっているのは、オークだからといって、舐《な》めてかかるわけにはいかないということ。

ハイオーク――いや、無名の騎士を相手にしていると考え、全力で迎え撃つ！

「――いくぞ」

昨日、大幅にレベルアップして以降、初めてとなる全力の疾走。

それは想像以上の速度を生み出した。

「うぉおおお！」

オークたちが反応するよりも早く、全体重を乗せた突きが、一体目のオークの胸に直撃する。それがトドメとなったのか、オークはずるりと崩れ落ちていった。

「グガァ！」

「甘い！」

それを見た二体目のオークが攻撃を仕掛けてくるが、俺は石斧を巧みに躱すと、その勢いのまま力強く短剣を振るう。刃がオークの喉を深く切り裂いた。

これで俺の担当分は討伐完了。しかし問題は——。

「零、俺も加勢する！」

このレベルのオークを二体相手に、零一人では厳しいかもしれない。

そう思い視線を向けた、次の瞬間だった。

「風よ、切り裂け」

「なっ」

俺は驚くような光景を目にした。

そこにあったのは、５メートルほど距離を空けて二体のオークと対峙《たいじ》する零が、あろうことかその場で剣を振るった姿だった。

その行為に何の意味があるのか。

疑問を抱く俺の目の前で、なんと剣の刀身が勢いよく伸びた。

そうして放たれた斬撃は、いともたやすく二体のオークの首を刎《は》ねた。

すると、数メートル先まで伸びた刀身は一気に縮み、元通りの姿に戻る。

「こっちも終わった」

ただ普通のことをしただけ。零はそんな表情を浮かべていた。

いやいやいやいや、なんだ今の。ていうか、

「もしかして、その剣って……」

それだけでも、俺が何を訊きたいのか分かったのだろう。

零はこくりと頷《うなず》いて、言った。

「うん。わたしのユニークスキル――【魔《ま》法剣《ほうけん》】。特殊な性能をもった剣を創造できる。

これは刀身が風で出来た剣をイメージして創った。よく伸びるから、すごく便利」

ちょっと能力の概要を聞いただけでも、とんでもなさが伝わってくるスキルだった。

少なくとも、すごく便利などという言葉で片付けていいものではない。

「すごいな、それは。要するに剣なら何でも生み出せるってことか？」

「そう。ただ、スキルレベルやＭＰ量で、ある程度の制限は存在している」

「いや、それを考慮しても、やっぱりとんでもなく優秀なスキルだよ」

「……あ、ありがとう」

思ったことをそのまま口に出すと、褒められた側の零は少しだけ恥ずかしくなったのか、

顔を赤くしていた。

「で、でも、すごいのは凜も。風見さんからは、凜が弱いって聞いてたけど……やっぱり嘘《うそ》だったみたい。でないと、あの動きに説明がつかない」

「そ、そうか。ありがとう」

今度はこっちが照れる番になった。なんだこの空気。

って、今は談笑をしている場合じゃなかった。

「零はオークがいつもより強くなってることに気付いたか？」

「うん。戦いにくかったから、そうじゃないかとは思ってた」

「鑑定を使用してみたんだけど、普段この階層にいるオークは４００レベル前後な中、今のは６００前後だった。このダンジョンのボスと同レベルなのは少しおかしい。原因を探るべきかもしれない」

「凜に心当たりはあるの？」

「ああ、幾つかな」

ダンジョン内にいる魔物が普段より強力になる原因は幾つもある。問題は、今回がそのうちのどれなのか、ということだ。

迷宮全体に振動は起きていないからあれではないと思うが……もしあれの場合なら、少しまずいことになる。

　できれば、今のうちに原因を突き止めておきたい。

「少しだけこの辺りを調べてみるつもりだけど、零はどうする？　先に地上へ戻るか？」

　零は首を左右に振った。

「ううん、わたしもいく」

「……分かった。ついてきてくれ」


　その後、俺と零は五階層の探索を始めた。

　結果的に、原因はすぐに突き止めることができた。

　通路を歩いていると突如として現れた巨大な空間。そこには大量の魔物の死体が存在し、それを食べているオークが十数体存在していた。

「魔物喰《ぐ》いか」

　その光景を前にして、俺はそう口にした。すると、零は首を傾《かし》げる。

「魔物喰い？」

「ああ。普通なら討伐された後、魔物はダンジョンに吸収されるんだけど、魔石を回収されていない死体の場合、なぜかたまに吸収されないこともあるんだ。他の魔物がその死体を喰らうことで強化される現象のことだな。さっき戦ったオークたちもここからやってきたんだろう」

「ってことは、ここにいるオークを全て倒したら解決する？」

「ああ。他の冒険者にも被害が出るかもしれないし、俺はそうするつもりだけど――」

「――まかせて」

　零も手伝ってくれるか？　そう尋ねようとした瞬間、零は魔法剣を振るった。

　勢いよく伸びる刀身が、手前にいる三体の首を飛ばす。

　ギロリと、この場にいる全てのオークが俺たちの方を向いた。

　零は得意げな顔を浮かべてこちらを見る。

「ふふん。どう？」

「うん、確かに効果的だとは思うけど、事前に確認はほしかったかな」

　まあ、戦闘前から三体も削れたのは嬉《うれ》しいが。

「んじゃ、やるか」

「うん」

　その後、俺と零は協力しながら、強力になったオークの群れを討伐するのだった。

「これで最後」

オークの群れの討伐後、今倒した相手からは魔石を回収する。既に死んでいた魔物については、零が炎の魔法剣を発動することでまとめて燃やし尽くした。あの状態から魔石を取るのはちょっと嫌だからな。

ひとまず、これで問題は解決したはずだ。協力してくれた零には感謝だな。

「ありがとう、零がいてくれたおかげで助かったよ」

「ううん、凛の知識がなかったら、わたしは何もできなかった。お互い様」

「お互い様か……確かにそうだな」

二人のおかげでなんとかなった。確かに、そう考えるほうがいいかもしれない。

その言葉に納得していると、ふと、零は小さく口を開いた。

「ねえ、凛。一つ、訊きたいことがある」

「なんだ？」

真剣な表情だったため、こちらも同じように応じる。

少し言葉をためた後、零は言う。

「凛は、何のために冒険者をやっているの？」

「何の、ため？」

予想していなかった問いに、少しだけ戸惑う。

それを聞いて零に何の得があるのか気になるところではあるが……まあ、それについてはいいか。

俺が冒険者を目指すようになった理由は、これまで華以外には言ったことがないし、これからも言うつもりはなかった。なんか恥ずかしいし。

だけど今日ここまで一緒に過ごす中で、俺は零に対し親近感のようなものを抱いていた。

だからだろうか。不思議と抵抗なく、自分の中にある思いを伝えようと思った。

「……昔、ある冒険者に命を救ってもらったことがあるんだ」

それから、俺は零に語った。

昔、ある冒険者に命を救われた。そしてその背中に、その強さに憧れたこと。

あんな風になりたいって、そう強く思ったこと。

それを聞いた零は、何かを考えこむような表情を浮かべていた。

「……そっか、やっぱり。だからわたしは凛に――」

「ん、呼んだか？」

「ううん、なんでもない。それよりも、凛を助けた冒険者が誰なのかはわかってるの？」

「いや、結局あの後、残りの魔物を掃討するために一瞬でいなくなったから名前も聞けてないんだ。当時からかなりの実力だったし、今も現役なら間違いなくトップクラスの冒険者なはずなんだけどな」

実際のところ、今あの人がどこで何をやっているかは分からない。とっくに冒険者を引退していたとしても、なんら不思議ではないのだ。

そんなことを考えていると、零は優しい笑みを俺に向けて言った。

「ありがとう、凛。今の話が聞けてすごく嬉しかった」

「……？　そうか、それは何よりだ」

そんなに楽しい内容だったとは思わないが、満足してもらえたのなら語った甲斐《かい》があるというものだ。

さて、そろそろ立ち話も終えるとするか。

「零、この後はどうする？　まだダンジョンに潜るか？」

「うん。あと少しだけ頑張る」

それから俺と零は一時間ほど、一緒にダンジョン内で魔物を討伐した。

ずっとソロで戦ってきたからだろうか。たまには仲間と冒険するのもいいかもしれない。

俺はそんな風に思うのだった。

その日の夜。

零は自宅の浴室でシャワーを浴びながら、今日のことを振り返っていた。

思考の中心にいるのは、今日、ダンジョン攻略を共にした青年――天音《あまね》凛だ。

実を言うと、零は以前から凛のことを知っていた。

興味を持っていたと言ってもいいだろう。

知ったきっかけは、風見の発言だ。

かつてキング・オブ・ユニークに所属していたものの、保有するユニークスキルが無能スキルだったため、脱退した者がいる。彼は自分が冒険者として大成できないことを知ってからも毎日ダンジョンに潜っているらしいと、そんな話を聞いたのだ。

その時、零は疑問に思った。

……その人はどうして、今も冒険者を続けていられるのだろうか？

というのも、冒険者を目指す目的の多くが、上位ランクの冒険者になり、大金、名誉、権力を手に入れることである。つまり野心の高い者が非常に多いのだ。

その反面、一度でも周囲から無能というレッテルを張られ、蔑まれるようになった者のほとんどは、その立場に耐えることができなくなり冒険者を辞めてしまう。

冒険者になって間もない零でも知っている、この世界の常識だった。

とはいえ、その時点では零の中にある興味はそこまで大きなものではなかった。

より強い興味を抱くようになったのは、それから数か月後のこと。

剣崎ダンジョンにて、零は偶然にも凛と出会った。

以前に彼の話を聞いたことを思い出した零は、人と話すことが得意ではないものの、勇気を出して話しかけてみた。

そして、驚愕《きょうがく》することになった。

彼の目には、迷いのない強い意志が籠っていたから。

通常、人の本性が出るのは、その人が追い詰められた時だという。全てが上手《うま》くいっている時は誰に対しても優しく、正義感溢《あふ》れる行動のできる者でも、追い詰められた時には周囲の迷惑を顧みない、驚くような行動をとることがあるという。

そうでなくても、鬱屈した環境に身を置き続けた場合、ネガティブな感情に支配されやすくなってしまうものだ。

だけど彼は——凛は、そうではなかった。

決して恵まれない環境にいながら、確固とした自信を持っているように見えたのだ。

その理由を今日、零は知ることとなった。

凛がどうして冒険者をやっているのか。その問いに対し、彼は答えた。

地位、名声、金ではない——誰かを守れるような強さを欲しているからだと。

かつて、自分が命を救ってもらったエピソードを併せて。

（ああ……そっか。だからなんだ）

だから、凛は恵まれない環境にいても挫《くじ》けたりしないのだ。

彼が心から欲しているものは、決して他人からの評価によって形作られるものではないから。

そしてそれは、奇《く》しくも零と同じものでもあった。

今日、凛からの質問に対して誤魔化《ごまか》してしまったが、実は零の趣味もまた、マンガやアニメといったフィクションを楽しむことである。その中でも特に、かっこいいヒーローが活躍するようなファンタジー物を好んでいる。

幼少期からそのような物語を読んでいるうちに、やがて零は憧れを抱いた。誰かのピンチに颯爽《さっそう》と現れ救ってくれるようなヒーローに、自分もなりたいと。

守られる側ではなく、守る側ということも含め、同世代の女の子たちとは少しだけ違った憧れ。零自身もそれは理解していたし、同時にそれでいいとも思っていた。

だって、今この時代を生きる自分たちにとって、ファンタジーはフィクションの世界だけに転がっている物語ではない。

ダンジョンでなら、性別に関係なく……誰だってヒーローになれるチャンスがある。

凛のように、誰かに命を救われただとか、そんな特別なきっかけがあったわけじゃない。

だけど彼と同じ憧れを抱いたことだけは、確かな事実だった。

「……また、話してみたいな」

キュッ、と。

ハンドルを回しシャワーを止めながら、零は同じ憧れを持った彼のことを思う。

今日は彼の話を聞くばかりで、自分のことは話せなかったけど。今度会った時はもっと色々な話をしたいと思った。……好きなアニメの話とかも含めて。

自分からこんなふうに思った相手は、凛が初めてだ。

「……不思議。まだ、出会ったばかりなのに」

それだけ、色々なところで波長が合ったということだろう。

そんな彼と友達になれたら嬉しいなと。最後に零はそう思うのだった。

第六章　相談と再会

翌日。剣崎《けんざき》ダンジョンにやってきた俺はさっそく攻略を始めることにした。

「最下層までは無名剣《ネームレス》じゃなく、霧久地《きりくじ》の短剣を装備してと……よし、いくか！」

ダンジョン内転移を発動し、どんどん下の階層に降りていく。

転移先に魔物がいる場合もあるが、今の俺にとってそいつらは敵ではない。オークやホーンラビットは一撃、レッドボアは三回ほど剣撃を浴びせるだけで簡単に倒せる。

「レベル４００の魔物を倒すなんて、一か月前までは夢のまた夢だったのにな」

感慨深く呟《つぶや》きながらも、最下層を目指して突き進んでいく。

でも、この程度で満足するつもりはない。

俺はもっと強くなりたいんだ。

道中の魔物との戦闘や素材回収の時間を含め、三十分強で最下層に辿《たど》り着いた俺は、装備を無名剣に代えてハイオークに挑む。三回目ともなればもう手慣れたもので、一度も相手の攻撃を喰《く》らうこともなく討伐に成功した。

『ダンジョンボスを討伐しました』

『経験値獲得　レベルが1アップしました』

『ダンジョン攻略報酬　レベルが20アップしました』


いつものように攻略報酬としてレベルがアップし、その他に爆煙《ばくえん》魔石《ませき》が与えられる。

「うん、いい感じだな。ＳＰ《スキルポイント》はどれくらい溜《た》まったんだろう？」

ステータス画面を開いてみると、そこには４１０ＳＰと書かれていた。

その流れで、自分の保有しているスキル一覧を見る。

これから優先的に入手するスキルについて、改めて計画を練るためだ。

「剣崎ダンジョンに挑戦する前にも思ったことだけど、しばらくはダンジョン内転移のレベル上げは控えて、他の戦闘用スキルを優先的に上げていくべきだよな」

ダンジョン内転移をLV11やLV12に上げた際に思ったのは、必要なＭＰ量に対しそれほどの成長が見受けられなかったこと。そもそもダンジョン内転移が戦闘に使えるスキルじゃないし、今後しばらくは別のスキルにＳＰを使用するべきだろう。

当面の目標としては剛力と高速移動をLV10に。

そして新しく索敵や隠密《おんみつ》、状態異常耐性を入手したいところだ。

これから俺が挑むことになるダンジョンの中には、腕っぷしだけではどうにもならない場所が幾つもある。様々な状況に対応するための準備をしておかなくてはならない。

「色々なダンジョンを攻略できる力がつけば、結果的にレベルアップの効率も上がるはずだからな。ダンジョン内転移のレベルを上げるのはそれからだ」

今後の方針を決めた俺は帰還《きかん》区域《くいき》に戻った後、再び剣崎ダンジョンに挑戦する。

最終的に今日だけで剣崎ダンジョンを十五回攻略した。

たった一日だけでレベルが３０１アップし、三百万円以上を稼いだのだった。

翌日もまた、剣崎ダンジョンにて高速レベルアップを行う。

道中に出てくる魔物は極力無視していくが、相手がレッドボアだった場合は話が別だ。

レッドボアの死体は高く売れるからな。無名剣で一刀のもとにレッドボアの首を両断し、キレイな状態のままアイテムボックスに収納する。アイテムボックスの容量がいっぱいになるまで討伐すれば、ハイオークの魔石と合わせてかなりの額が稼げる。

「金はいくらあっても困らないからな。稼げる時に稼いでおかないと」

方針としては、レベルアップが最優先だが、金稼ぎも忘れないといった感じだ。

そんな意識で俺は攻略を続けていく。

「はあッ！」

無名剣を力強く振るい、本日二十回目となるハイオーク討伐に成功する。

俺のレベルが１２００を超えたからか、既に無名剣を扱う際に動きが鈍くなることはなく、楽々とハイオークを倒すことができた。

『ダンジョン攻略報酬　レベルが20アップしました』

「よし、きたきた」

脳内に鳴り響くシステム音。

報酬の爆煙魔石を回収した後、慣れた手つきでハイオークの体から魔石を取り出す。

そしてアイテムボックスの中に入れようとするも、できないことに気付いた。

「容量に限界が来たのか。一応さっきLV４にしたんだけどな……まあ、いい時間だし今日はこの辺りで切り上げるか」

その後、本日手に入れた迷宮資源のうち爆煙魔石を除き、全てを売却した。

今日は４００レベルアップし、四百万円以上を稼ぐことができた。

そしてそのまた翌日。

当然のように、俺は剣崎ダンジョンで高速レベルアップを続けていた。

今、眼前にいるのは本日二十三回目の戦闘となるハイオーク。

数日前までは、その圧倒的な膂力《りょりょく》に戦々恐々としていたものだが――

「軽いな」

ハイオークによる全力の一撃――巨大な棍棒《こんぼう》の一振りを、左手の甲でやすやすと弾《はじ》く。

「喰らえッ！」

続けて、右手に握られた無名剣を力強く振るう。

それだけでハイオークの胴体は両断され、上半身がスッと滑り落ちていった。

『ダンジョン攻略報酬　レベルが20アップしました』

脳内に鳴り響くシステム音。

そして、とうとう待ちに待った瞬間がやってくる。

『貴方《あなた》は本ダンジョンを規定回数攻略しました』

『ボーナス報酬　レベルが50アップしました』

『今後、貴方が本ダンジョンを攻略しても報酬は与えられません』

「よし、これで剣崎ダンジョンも踏破できたな！」

ここまでにかかった攻略回数は計六十回。

夢見《ゆめみ》ダンジョン、紫音《しおん》ダンジョンに引き続き、三つ目となるダンジョン踏破だ。

「ＳＰもだいぶ溜まったな」

ここまで周回に集中していたせいだろう、なんと１１５１０ＳＰも溜まっていた。

これをどのように使用するか、俺はスキル一覧を眺めながら考える。

――保有スキル――

剛　力ＬＶ６→ＬＶ７（必要ＳＰ：７００）

高速移動ＬＶ４→ＬＶ５（必要ＳＰ：５００）

アイテムボックスＬＶ４→ＬＶ５（必要ＳＰ：１０００）

――新規スキル――

索　敵ＬＶ１（必要ＳＰ：１００）

隠　密ＬＶ１（必要ＳＰ：１００）

状態異常耐性ＬＶ１（必要ＳＰ：１００）

「アイテムボックスについては今のままでも一応事足りる。となると、まず優先的に上げるべきは剛力と高速移動だが……」

軽く計算してみることにする。

剛力をLV10にするのに必要なＳＰが３４００。

高速移動をLV10にするのに必要なＳＰが４５００。

両方合わせたとしても７９００ＳＰで、十分おつりがくる。

「だとするなら、この二つは必須だな」

そして残る３６１０ＳＰのうち３０００を使って、索敵、隠密、状態異常耐性をLV４まで上げれば、６１０ＳＰを余らせた上で、それなりに整ったスキル構成になるはずだ。

俺がこれからどう成長していくにせよ、これらのスキルは絶対に使い道があるしな。

「じゃ、決定っと」

迷うことなく、俺は今決めたスキルにＳＰを割り振った。

【剛　　力LVＭＡＸ】：攻撃力を＋３０００。
【高速移動LVＭＡＸ】：速度を＋３０００。

【索　敵LV4】：MPを使用し、自分の周囲に存在する人や魔物などの気配を探る。
【隠　密LV4】：MPを使用し、自分の周囲に存在する人や魔物の認識から消える。
【状態異常耐性LV4】：毒、麻痺《まひ》、睡眠などの状態異常に対する耐性を得る。

「うん、いい感じだな」

たったこれだけで、数分前とは実力が桁違いになったはず。

できれば索敵、隠密、状態異常耐性のスキルレベルも10にまで上げたいが、その楽しみは後にとっておくことにしよう。

「よし、じゃあ気を取り直して。明日からはまた別のダンジョン周回だ」

過去に俺が挑戦したことのあるダンジョンのうち、まだ踏破していないのは夕凪《ゆうなぎ》ダンジョンと、冒険者になりたての頃によく行っていたEランクの有川《ありかわ》ダンジョンの二つ。

とりあえず、明日からは夕凪ダンジョンに挑戦することにしよう。

そして――

『貴方は本ダンジョンを規定回数攻略しました』

『ボーナス報酬　レベルが15アップしました』

『今後、貴方が本ダンジョンを攻略しても報酬は与えられません』


　それから三日後、俺は無事に夕凪ダンジョンを踏破することができた。

　これで計四つ目のダンジョン踏破だ。

　その日の夜、溜まったSPを必要と思われるスキルに割り振っていく。

　由衣《ゆい》から相談があるとの連絡をもらったのは、その最中のことだった。

◇◆◇

　翌日、俺と由衣は都心のショッピングモールで待ち合わせをしていた。

　待ち合わせ時間よりも早く着いたので待っていると、遅れて由衣もやってくる。

「あっ、凛《りん》先輩！　ごめんなさい、待たせちゃいましたか？」

「うん」

「ちょっと、そこは全然待ってないよって言うところじゃないんですか!?」

　そういうものなのか？

　妹以外の女子と一緒に出かけた経験なんてないから分からなかった。

「なんて、冗談ですよ。今日付き合っていただけただけで感謝しています。とりあえず、カフェにでも入りましょう」

由衣の案内に従い、近場のカフェに入る。

由衣はクリームの乗ったよく分からない甘ったるそうな飲み物を、俺は前回のことを反省しミルクティーを注文する。ブラックコーヒーとか苦くて飲めたもんじゃないからな。

届いたドリンクをお互いに一口飲んだタイミングで、俺は口を開いた。

「で、相談っていうのは？　わざわざ俺にってことはダンジョン関係か？」

「はい、その通りです。私の身近に冒険者がいないので……そこで凛先輩のことを思い出したんです」

もう一口ドリンクを飲んだ後、由衣は告げる。

「実は先日、とあるギルドに勧誘されたんです」

「ほう」

ギルド――すなわち冒険者ギルドとは、その名の通り冒険者が集まってできた組織である。数人で活動することが主なパーティーと異なり、最低でも十数人、多いところでは数百人もの冒険者が所属している。

強力な冒険者が多数所属しているギルドともなると、民間組織としては考えられないほどの巨大な権力を握り、国から様々な特権が与えられる。そのためギルドは常に冒険者市場に目を光らせ、優秀な冒険者を自分たちの組織にスカウトしようとしている。

冒険者にとってもギルドに所属するメリットは多く存在する。ギルドには長年ダンジョンを攻略してきた者たちのノウハウがあることに加え、豊富な人材がいることから自分と相性のいい者とパーティーを組みやすくなるなど、枚挙にいとまがない。

そういった事情から、ギルドはより才能のある冒険者を勧誘し、冒険者はより権威のある有名ギルドに入ろうとするのだ。

ただ、そういった従来の慣習を嫌い、あえてギルドには所属しようとしない者もいる。自分たちのギルドを作ろうとしている風見たちも、その一員だと言っていいだろう。

「ところで、由衣はあれからどれだけレベルが上がったんだ？」

「つい先日、１００を超えたところですっ」

「それで勧誘がきたのか。すごいな」

心から驚くとともに、俺はそう呟《つぶや》いた。

というのも、まずギルドは大ギルドと中小ギルドに分けられる。

この二つには、低レベルの冒険者を育成する余裕があるかないかという違いが存在する。

ダンジョンの仕組み上、どれほど才能がない冒険者でも、時間さえかければそれなりに強くなれてしまう。

たとえば、一年もの間数々の死地を乗り越えてきた者よりも、五年間テキトーに週一回のダンジョン攻略をしていただけの者のほうが、レベルが高くなってしまうのだ。

資金的に余裕のない中小ギルドが求めているのが、後者のような即戦力。

前者のような才能に溢《あふ》れた若手冒険者を囲い込めるのは、巨額の資金を持つ大ギルドだけなのだ。もちろん、レベルが１００程度の由衣はこの前者にあたる。

「勧誘してきたギルドの名前を訊《き》いてもいいか？」

「宵月《よいづき》っていうらしいです」

「宵月……？」

「はい。これが勧誘された時もらった名刺です」

どこかで聞いたことがあるような、ないような。

名刺にはギルド名の他に、ギルドのエンブレムとして月と剣をモチーフにしたマークが書かれていた。それを見て、俺は「あっ」と声をこぼす。

「思い出した。確かここ数年で国内上位ギルドに入ってきたところだな」

「ギルドの方もそう言ってました。少数精鋭を謳《うた》っていて、これからまだまだ成長していくギルドだからおススメするって。ヒーラーは基本的にどこのギルドも不足しているので、人材を欲しているみたいでした」

「まあそうだろうな」

ヒーラーが貴重だからこそ、体力回復薬なんかが高価で売買されているのだ。

ただ、体力回復薬があってもヒーラーは必要だ。ヒーラーは治癒魔法だけじゃなく支援魔法なども得意な場合が多く、一人でもパーティーにいれば様々な状況に対応できるようになるため、ギルドとしても喉から手が出るほど欲しい人材である。

　ここまでの話を聞いて、由衣が俺に訊きたいことがなんとなく分かってきた。

「ってことはつまり、そのギルドに入るべきかについての相談を俺にしたいってわけか」

「……はい、そうです」

「なるほどな。とはいえ、俺自身もそこまでギルドについて詳しいわけじゃないんだが、それでも構わないか？」

「っ、もちろんです！」

　由衣は身を乗り出して、力強く頷《うなず》いた。ちょっ、近い近い。

「ごほん。じゃあスカウトから聞いた内容と被《かぶ》るかもしれないが、改めてギルド加入のメリットとデメリットについて話すぞ」

「お願いします！」

「まずメリットだが、やっぱり一番はあらゆる点でのサポート力だろうな。大ギルドなら装備もある程度は支給されるだろうし、ダンジョン攻略の情報も充実しているはずだ。これまで自分自身でやらなければならなかったことを代わりにやってもらえるようになるのは、かなり大きいだろうな」

ミルクティーを一口飲む。

「で、もう一つがパーティーメンバーをギルドが選んでくれる点だな。ギルドに入れば、内部の冒険者の実力と相性を見て適切なパーティーを組んでくれるはずだ。これで信用ならない奴《やつ》らと一緒にパーティーを組むリスクがなくなる。この重要性は分かるだろ？」

「はい……」

俺と初めて会った時、パーティーメンバーに囮《おとり》にされたことを思い出したのだろう。

由衣は気まずそうに縮こまっていた。

「じゃあ次にデメリットだ。これはやっぱり、ある程度自由を制限されることだろうな」

「自由を制限、ですか？」

「ああ。ギルドの一員になれば、ギルドによって攻略予定を立てられる。まあこれについてはパーティーを組んで挑むのなら、ギルドに入っていようがいまいが同じなんだが……問題はダンジョン協会からの要請だな」

　そこまで言うと、由衣が「あっ」とこぼす。

「それについては少し説明を受けました。ギルドには多大な特権が与えられている代わりに、義務も存在してるって」

「そこまで知ってるなら話は早い。ダンジョンに伴う様々な問題発生時に、ダンジョン協会はギルドに対応を命じることができ、特別な事情がない限りギルドはそれに応じなければならない。だから、ギルドメンバーは時には危険な場所に自ら行かなくちゃいけないこともある……らしい」

　実際にそういった現場に出くわしたことはないんだが、有名な話だ。そういったデメリットが嫌で、ギルドに入らないという選択をしている者も数多くいるらしいし。

「とまあ、ここまでのことをまとめるなら、少しでも早く強くなりたいのならギルドに加入して、それ以外のことを大切にしたいんなら入らず地道にやっていくべきだと思う。そもそもだけど、由衣はなんで冒険者になろうと思ったんだ？」

「私が冒険者をやっている理由、ですか？」

「ああ。高校生のうちから冒険者として本格的に活動してる奴ってそこまで多くないから、少し気になったんだ。もちろん、言いたくないならそれでもいいんだけど」

　少し時間を置いた後、由衣はゆっくりと語り始めた。

「私はもともと、冒険者として活動していくつもりはなかったんです。魔物と戦うのは怖いですし、武器を持つ感覚に馴染《なじ》むのにも抵抗感があったので。冒険者資格を取ってダンジョンに入ったのも友達に誘われたからですし、もしステータスを獲得できたら体が丈夫になるな、くらいの認識でした」

確かに、交通事故に遭っても死なないくらいには丈夫になりたい、という理由でステータス獲得を目指す者は多くいる。というか、ほとんどがそれぐらいの気軽さだ。

命をかけて冒険者という仕事を全うしている人間なんて、ほんの一握り。

由衣もまた、そんな大多数の人々と同じだったんだろう。

そして、違ったのはここから。

「けれどステータスの獲得に成功して、私にはヒーラーの才能があると分かったとき、とある考えが浮かんだんです。前線に出て魔物と戦うのは怖いけれど、後衛から他の冒険者をサポートするだけならできるって。だから結局、その後も冒険者としての活動を続けましたし、実際にやりがいを感じました」

由衣は自分の手のひらを見つめる。

「私にこの才能が与えられたのは偶然なのかもしれません。それでも、そこに自分自身が意義を見出《みいだ》しているのは事実です。私がいま一番望んでいるのは、人を救うことのできるこの力を成長させることなんだと思います」

　そして、顔を上げた由衣の瞳には力強い意志が込められていた。

「どうするかは決まったみたいだな」

「はい。勇気を出して、ギルドに入ってみようと思います」

「そうか。まあ、やるだけやって無理そうなら脱退してやればいい。自分の命が一番大事だからな。それから……やりがい搾取だけはされないように気を付けろよ？」

　にっと笑いながらそう言ってやると、由衣も同じ笑みを返してくる。

「その点については大丈夫ですよ！　私が高校生だってことを伝えたら、基本的には休日だけの招集に応じてくれればいいって話だったので。お金についても、普通のヒーラーの相場以上にもらえるみたいです。凛先輩の稼ぎもすぐ抜いちゃうかもしれませんね」

「ほう、大きく出たな」

　以前までならともかく、今の俺は三日で一千万以上稼げる。はたして抜かせるかな？

　そう言ってやりたい気持ちはあったが、もちろん口は噤《つぐ》んでおく。

　それからひとしきり会話を楽しんだ後、カフェを出ることになった。

　伝票を俺が持って行こうとすると、由衣が「あっ」とこぼす。

「待ってください凛先輩、今日は私の相談に乗ってもらったんですし、私が払いますよ」

「気にするな。それにギルドに入るとはいえ、実際に稼げるようになるのはもう少し先だろ？　どうしてもって言うんだったら、出世払いで頼む」

「凛先輩……」

由衣はその場に立ち尽くしたまま、ぽーっと俺を見つめてくる。

俺ができる男だと、ようやく分かったみたいだ。

そう思った直後、由衣は想定外の言葉を発する。

「こんなに気遣いができて、優しくて、頼りがいもあるのに……なんでこれまで恋人が一人もできたことないんだろう？」

「ちょっと待て、いま俺ばかにされた？　てかなんでそんなこと知ってんだよ。俺のストーカーか何かなのか？」

「ち、違います！　華ちゃんと連絡を取っている時に、向こうから教えてくれたんですよ！」

「なんでそんな話してるんだよ……」

家に帰ったら、華に説教しなくてはいけないみたいだ。

その後、釈然としないまま、俺たちはカフェを後にするのだった。

しかしショッピングモールの出口に向かう途中、俺はとある人物を見つけた。

CDショップの片隅に、ヘッドホンをつけた一人の少女が立っている。

よく知っている相手だ。

「あれっ？　黒崎さん？」

俺が声をかけるより早く、由衣が彼女の名前を呼んだ。

彼女――黒崎零《くろさきれい》はピクリと肩を震わせる。

零は恐る恐るといった風にこちらを向き、目を見開いた。

「……凛？」

「よう、久しぶりだな」

「うん」

剣崎ダンジョンで一緒に攻略して以来なので、約一週間ぶりだ。

気軽に挨拶をかわす俺たちを見て、由衣は衝撃を受けていた。

「ちょっとちょっと、私が声をかけたのに、なんで凛先輩に反応するんですか？」

「……誰？」

「まさかの認識されてなかった!?　同じクラスの葛西《かさい》由衣だよ！」

「……そう言われてみれば、見覚えがある気がする」

どうやら由衣と零は同じ高校で同じクラスみたいだ。

話の内容からして、これまで話したことはないみたいだが。

「ていうか凛先輩、どうして黒崎さんのことを知ってるんですか？」

「零も冒険者なんだよ。この前ダンジョンで知り合ってな」

「そうだったんですか⁉　まったく知りませんでした……」

心から驚いたような表情を浮かべる由衣。

すると、零は俺と由衣が会話している最中に、手に持つＣＤを素早く元の位置に戻す。

――が、残念ながら俺はそれを見逃しはしなかった。

ＣＤのジャケットに描かれていたのは、女の子のキャラクターたち。

要するにアニソンだった。そうか、同志だったか……。

ＣＤを俺たちから隠したのは、知り合いにアニソンを吟味しているところを見られるのが恥ずかしかったんだろう。

っていうか、この前趣味について訊いた時、秘密にされたのはそれがバレるのが恥ずかしかったからなのかもしれない。

うん、ここは気付かなかったことにしておこう。

と、思った直後。

「それにしても黒崎さんとこんなところで会うなんて奇遇だね。初めてお話できて嬉《うれ》しいな。休み時間とかはいつもヘッドホン付けて音楽聞いてるから話しかけないほうがいいのかなって思ってたし……その、なんていうの、可愛《かわい》い女の子の絵が出てくるアニメ？の歌が好きだったんだね！」

「――――ッ」

やめろ由衣。その攻撃は俺たちに効く。

現に指摘された零は顔を真っ赤にしていた。

由衣に悪意はなかったんだろうが、それとは関係なく、指摘されたら恥ずかしくなってしまうものだ。うんうん、分かる分かる。

俺は「ごほん」と咳払《せきばら》いし、話題を変えることにする。

「零、今日はダンジョンに行く予定はないのか？」

「う、ううん。この後風見さんたちと合流して、剣崎ダンジョンに行くつもりだった」

零は都合がいいとばかりに、俺の質問に答えてくれた。

「へえ、アニメの歌って、こんなにいっぱいあるんだね……」

と、必死に話題を変えようとする俺たちだったのだが。肝心の由衣はというと、アニソンコーナーを興味深そうに眺めていた。うん、あの様子だとこっちの話は聞こえてないな。

フォローする必要なかったなと思っていると、俺のすぐ隣に零がやってきた。

そして、じーっと俺の顔を見てくる。なんだか初対面の時を思い出すが……。

そのままだと少し気まずかったので、話しかけてみる。

「どうかしたのか？」

「ううん、なんでもない。それより凛の方は、今日はダンジョンに行かないの？」

「ああ。ちょうど昨日、ダンジョンを一つ踏破——ごほん、攻略したばかりでな。だから今日は休養日だ」

あぶなかった。うっかり会話の流れで踏破したと言ってしまうところだった。

途中で攻略したと言い換えたし、そもそも零は踏破について知らないだろうから、なんとか誤魔化《ごまか》せたとは思うけど……。

「……零？」

零の顔を確認すると、何かを考え込んでいるようだった。

もしかして勘付かれた？　そう疑問を抱く俺の前で、零は言った。

「休みの日に由衣と一緒にいるということは……つまり、二人はそういう関係？」

「えっ？」

零は何か、大きな勘違いをしているようだった。

「違う違う。今日はただ由衣から相談を受けてただけだ。由衣も冒険者だから、その関係で相談できるのが俺だけって流れでな」

「なるほど、そういうことだったんだ」

その説明で納得してくれたみたいなので、ほっと一安心。

と思った直後、

「……凛は、年下が好きなの？」

どういう思考回路でその疑問に辿《たど》り着いたのか、かなり答えにくい質問が飛んできた。

これはまさか、俺と由衣の関係をまだ疑っているのか？　さっきは納得してくれたと思ったんだけど……。

いや、今注意すべきはこの質問にどう答えるか。

好きと答えても嫌いと答えても、違う意味で角が立ちそうな予感がするんだが——

次の瞬間、ふと脳裏に浮かんだのは華の笑顔だった。

うん、ここは男らしく正直にいこう。

「……好きか嫌いかで言ったら、好きだけど」

「そ、そっか。好きなんだ、ふーん」

返答を聞くや否や、零は俺から気まずそうに顔を背ける。

……うん、どうやら選択肢を間違えてしまったようだ。

だけど嘘《うそ》はつきたくなかったから、後悔はしていない！

「凛先輩、黒崎さんと何の話をしてるんですか？」

その時、アニソンコーナーから戻ってきた由衣がそう尋ねてくる。

「ただの世間話だよ。それより――」

おかげで話の流れを変えられそうだったので、心の中で由衣に感謝しながら、別の話題を提供しようとした――その時だった。

「っ、なに？」

「地震か？」

ショッピングモール全体が、小さく揺れ始める。

一瞬、地震かと思ったのだが、続けてショッピングモール内に流れた放送によって、その予想が間違っていることを突き付けられた。

放送にはサイレン音が伴っており、否《いや》が応《おう》でも緊張感を高められてしまう。

『緊急事態が発生しました。緊急事態が発生しました。剣崎ダンジョンにて迷宮崩壊《ダンジョン・コラプス》が発生しました。至急、一般の方は避難を。Cランク以上の冒険者の方には協力を要請いたします』

「なっ、迷宮崩壊⁉」

その単語を聞いて、俺は思わず大声で復唱した。

「凛さん、迷宮崩壊ってまさか……」

「……まずいことになった」

由衣と零も、緊迫の面持ちだった。

冒険者である二人は、その危険を人一倍理解しているからだろう。

迷宮崩壊。それはダンジョン消滅時、ごく稀《まれ》に起きる現象。

通常は冒険者しか通ることのできないゲートを、魔物も通ることが可能になる。

すなわち――

「町に、魔物が溢《あふ》れるぞ」

第七章　迷宮崩壊《ダンジョン・コラプス》

迷宮崩壊が発生し、Ｃランク以上の冒険者が対処に当たるよう要請があった後。

俺は迷うことなく、その要請に応じると決断した。

「零《れい》、俺は外に出てきた魔物の討伐に行くつもりだが、そっちはどうする？」

「もちろん、わたしも行く」

彼女の目にも迷いはなかった。

「待ってください凛《りん》先輩、私も行きます！」

「……由衣《ゆい》？」

出発しようとした瞬間、由衣がそう主張する。

「剣崎《けんざき》ダンジョンの難易度を分かっているのか？　最低でも５００レベルは必要だぞ。迷宮崩壊ってこともあり、普段以上に凶暴で強力になっている可能性もあるだろうしな」

「私自身が戦うつもりはありません。魔物のせいで怪我《けが》を負った人に治癒魔法をかけてあげたいんです。もちろん凛先輩が足手まといだって言うのなら、ついていきませんが」

「……ふむ」

確かに由衣の言う通りだと、俺は考えを改めた。

というのも理由があり、ステータスを獲得していない人には体力回復薬を使用することができないのに対し、治癒魔法をかけてあげることはできるのだ。

知っての通り、ヒーラーは非常に希少。優秀な力を持った者は一人でも多い方がいい。

それに何より、ついさっき彼女が冒険者をやっている理由を聞いたところだ。

できればその意思を尊重してやりたい。

「分かった、由衣もついてきてくれ。ただし絶対に俺のそばからは離れるなよ」

「！　はい、ありがとうございます！」

由衣はパアッと表情を輝かせて頷《うなず》いた。

少なくとも俺の半径10メートル以内にいてくれたら、問題なく守ることができる。

そう断言できる程度には、剣崎ダンジョンの魔物を討伐し続けてきた。

そんな話し合いの末、俺たちはショッピングモールの外に出て剣崎ダンジョンへ向かおうとする。と、そこで俺は自分が今普段着であることを思い出した。

「地上に魔物が出てきているんだったら、今のうちに装備に着替えておくべきだな」

「確かに、凛の言う通り」

俺の言葉に零も頷いた。

次の瞬間、俺と零の体が淡い光で包まれたかと思えば、冒険者用の装備に早変わりする。

これがアイテムボックスを利用した瞬間早着替えである。一応、普段からダンジョンに出入りする際に使用しているのだが、こうして街中で発動するのは初めてだ。

そんな俺たちの様子を見ていた由衣が、羨ましそうな表情を浮かべていた。

「私はまだアイテムボックスを獲得してないので、なんだか疎外感を感じちゃいます」

「確かに、普段着の由衣だけが逆に浮いているように見えるのはちょっと面白いな」

「むっ。凛先輩、その言い方は意地悪ですよ！」

「悪い悪い。まあ、由衣が戦うような状況には絶対にしないから安心してくれ」

「そ、そうですか。えへへ、なら許しちゃいます！」

そんな風に由衣と軽口を叩《たた》き合っていると、突如として着信音が響き渡る。

その音源は、零のスマホだった。

「ごめん、少しだけ」

「ああ」

この緊急事態に出るべきだと判断するだけの相手だったのだろう。

零は一言二言、通話先の相手と言葉を交わした後、気まずそうな表情で俺たちを見た。

「誰だったんだ？」

「風見《かざみ》さん。パーティーとしてこの事態に対処するから、合流するように言われた」

「そうか」

風見たちもこの辺りにいるのだろう。だとするなら、確かに零はパーティーメンバーと一緒の方が動きやすいはずだ。

「申し訳ないけれど、わたしはここで抜ける」

「分かった、俺たちは先に行く。無理だけはするなよ、零」

「うん。凛たちも、気を付けて」

　そう言葉を言い残し、零は風見から指示された合流地点に向かっていく。

……なぜだろうか。立ち去っていく零の背中を見ると、胸が大きくざわつく気がした。

「……気のせいだよな」

「凛先輩？　何か言いましたか？」

「いや、何でもない。それよりも先を急ごう」

「はい！」

　そして、俺と由衣は二人で剣崎ダンジョンへ向かうのだった。

数分後。ショッピングモールから剣崎ダンジョンまであと3分の1といったところで、俺たちは魔物と遭遇することとなった。

「魔物がこっちにいる！　誰か、戦える冒険者はいないか！」

声がした方向に視線を向けると、一人の男冒険者と、三体のオークが向かい合っている姿があった。男の後ろには横たわる怪我人らしき者もいる。

「凛先輩！」

「ああ」

加勢に行くべきだと判断した俺は、素早く周囲を見渡し、他に魔物がいないことを確認する。

そして、全力で駆け出した。

見事な連携で男冒険者を追い詰めていくオークの横を、スッとすり抜ける。

直後、三体のオークは血を噴き出しながら倒れていった。

「なっ!?」

その光景に、男冒険者は驚愕《きょうがく》した様子だった。

「大丈夫ですか？」

「あ、ああ。君が倒してくれたのか？　動きが速すぎてほとんど見えなかったが」

「はい、間に合ってよかったです」

そうこうしているうちに、遅れてやってきた由衣は、怪我をした一般人に治癒魔法をかけていた。

「すごい、怪我が治っていく……」

「ありがとう。助かったよ」

幸いなことに重傷を負っている者はいなかったらしく、無事に治療ができたようだ。

それにしても……重傷ではないにしろ、低レベルの状態でこれだけ早く怪我を治すことができるとは。由衣のヒーラーとしての才能を垣間見《かいまみ》た気分だ。

治療を終えた由衣は、俺のもとに来る。

「終わりました。このまま剣崎ダンジョンに向かうんですか？」

「……ふむ」

由衣の問いかけに対し、少しだけ考えるのに時間を充てる。

もともとはそうするつもりだったが、これだけ離れたところにまで魔物が出現しているなら、そちらの対処に当たった方がいいかもしれない。

……剣崎ダンジョンに行ったからといって、必ずしも力になれるとは限らないからな。

迷宮崩壊の厄介な点は幾つかある。

一つはゲートから大量の魔物が出てくること。

もう一つは、ダンジョン内の魔物が普段より強力になることだ。

原理としては、ダンジョンの崩壊に伴ってダンジョン維持に使用されていた魔力が行き場をなくし、魔物に吸収されるからだと言われている。

その結果、道中の魔物の強さはおよそ１・５〜２倍。

ダンジョンボスに至っては通常の数倍は強力になり、その状態のボスのことをラストボスという。ラストボスを討伐することでダンジョンは完全に消滅し、迷宮崩壊を終わらせることができるのだ。

しかし、時間が経《た》てば経つほどラストボスは強力になる。そして討伐するより先にダンジョンが完全に崩壊してしまうと、そのラストボスまで外に出てきてしまう。

そのため一刻も早く討伐しなくてはならないのだが、ラストボスは非常に強力なため、通常よりも一つ上のランクのパーティーが討伐に当たることになっている。

Ｃランクの剣崎ダンジョンなら、平均レベル５０００を超えるＢランク以上のパーティーが当たるというわけだ。

……悔しいが、俺はまだそれだけのレベルに達していない。

それに、俺がラストボス討伐に向かうべきではない理由は他にもある。

先ほど零に対し、つい昨日ダンジョンを攻略したばかりだという話をしてしまった。

厄介なことに、崩壊中のダンジョンにおいて、ダンジョン内にいる魔物が外に出ることは可能になるが、再挑戦《スパン》期間中の人間が中に入れない制限はそのまま残っているのだ。

零たちは間違いなく剣崎ダンジョンに向かっている。仮に俺がラストボスを討伐できたとしても、それを彼女に知られたら、俺がスパンを無視してダンジョンに入れることがバレてしまう。それだけは絶対に避けたいところだ。

あらゆる観点から、ここは援護に徹するべきだろう。

結論を出した俺は、由衣の問いに答える。

「俺たちは剣崎ダンジョンの外に出てきた魔物の討伐と、怪我人の治療を担当しよう」

「分かりました」

由衣は俺の判断を疑うことなく、すぐに頷いてくれた。

それからしばらく、俺たちは地上に出てきた魔物の掃討に当たるのだった。

◇◆◇

——凛と由衣が魔物の掃討を行っているのと、時を同じくして。

零はキング・オブ・ユニークの面々とともに、剣崎ダンジョンに到着した。

すると、数多くいる冒険者たちが、ざわざわと何かについて騒いでいた。

「ってことはなんだ？　近くのギルドから派遣されたBランクパーティーが来るまで、あと二十〜三十分はかかるってことか？」

「ああ。迷宮崩壊が発生したダンジョンは何が起きるか分からないから、しっかりと準備を整えるにはそれくらいかかるらしい」

「スパン中じゃない冒険者を呼ばないといけないから仕方ない部分はあるけど、このままじゃラストボスがどんどん強くなっちまうぞ……」

　彼らの話を聞くところによると、剣崎ダンジョンのラストボスを確実に倒せるであろう冒険者たちがやってくるまで、もう少し時間がかかるようだった。

　そのことに対して、多くの者が焦りを感じているのが見て取れる。

　ラストボスは時間が経てば経つほど強力になっていく。増援が間に合わず、限界まで強くなった魔物が地上に出てくることこそが、最も恐るべき事態。

　誰もが一刻も早い増援を期待する中、声を上げた人物がいた。

「ははっ、どうやらお困りのようだね、皆。でも安心してくれて構わない。なぜなら、この【キング・オブ・ユニーク】がここにいるのだから！」

　それはなんと、零の隣にいる風見だった。

「……えっ？」

　突然の宣言に動揺する零。そんな彼女と周囲の反応は異なっていた。

「おおっ、キング・オブ・ユニークか。確かにアイツらなら、迷宮崩壊を何とかしてくれるかもしれないぞ」

「おう、Bランクを待つ必要がなくなるな」

　彼らの言葉に気分を良くしたのか、風見は笑みを深める。

「ああ！　増援を待つまでもなく、僕たちがラストボスを討伐してみせよう！」

　おおー！　と、盛り上がる冒険者たち。

　その傍らで、零は戸惑っていた。

　これまで何度も一緒にダンジョンに潜ってきた仲であるため、風見たちの実力はよく把握している。確かに彼らの力ならば、ラストボスを討伐することは可能かもしれない。

　ただ、未《いま》だBランクパーティーがやってきていない理由にもあったように、迷宮崩壊中のダンジョンでは何が起きるか分からないというのが常識だ。安全策を取るならば、ここは増援を待つべきなのではないかと判断した。

　もしくは、それ以外に何か、今の自分たちにできることを探すべきだ。

　そう言おうとした零の前に、焦った様子のダンジョン管理人が現れる。

「待ってください。迷宮崩壊が発生したダンジョンは本当に危険なんです。何が起きるか分かりません。失礼ですが、Bランクダンジョンを攻略した経験はございますか？」

「ないが、問題はないと思うよ。なんせ僕たちは全員がユニークスキル保有者で、さらには一人を除いてレベルが２０００を超えている。多少強力になったくらいじゃ、このダンジョンの魔物ごとき僕たちには歯が立たないよ」

それを聞いたダンジョン管理人は考える素振りを見せるが、すぐに首を横に振る。

「確かに問題なくラストボスを討伐できる可能性はありますが、確実とは言えません。確認されている中で、レベルがダンジョンボスの最大十倍近くまで跳ね上がった例もあるんです。どうしてもと言うのなら、これからここに来るBランクパーティーの方々と一緒に挑戦してくれませんか？」

「まったく、頭が固いね。今は一刻を争う事態だ。待っている間に完全崩壊してラストボスが外に出てきたらどうするんだい？　君がその責任を取ってくれるのかな？」

「そ、それは……」

言《い》い淀《よど》むダンジョン管理人。

しばしの逡巡《しゅんじゅん》の後、彼女はせめてもといった表情で代案を口にした。

「で、ではこうしましょう。貴方《あなた》たちにはラストボスの討伐ではなく、ボス部屋までの露払いをお願いできませんか？」

「露払い？」

「はい、Bランクパーティーがボス部屋に向かうまでに大量の魔物が現れてしまうと、より時間を使うことになりますし、体力も消耗します。そこで皆さんには先にボス部屋に向かってもらい、道中に出てくる魔物を討伐しておいてほしいんです。先ほど聞いたステータスなら、ラストボスはともかくとして、最大でもレベルが二倍ほどにしかならない道中の魔物は問題なく討伐できるはずですから。その上で体力が残っているのなら、Bランクパーティーと共にラストボス討伐に協力してくださいませんか？」

確かにそれだけならば、このパーティーでも可能かもしれない。そう思わせられるような提案だった。

「ふむ。不満はあるが、妥協点としては悪くないね。分かった、そうさせてもらおう」

「ありがとうございます。ちなみに、パーティーの中に念話のスキルを保有している方はいらっしゃいますか？ ダンジョン内では通常の通信機器が使用できません。何か異変があった際は、念話を使って連絡してもらいたいのですが……」

「残念だけど、誰も持っていないかな。けど心配する必要はないよ。きっとそんなスキルを使うような状況にはならないからね。とまあ、前置きはこの程度にして」

風見はにっと口の端を上げ、他のパーティーメンバーに視線を向ける。

「さあ、方針は決まった。さっそくダンジョンに入ることにしよう。行くよ、桜《さくら》、裕也《ゆうや》、幸助《こうすけ》――零」

　そして最後に、当然のように零の名前も呼んだ。

（…………）

　先を行く風見たちの後をゆっくりと追っていく。

　階段を下り、帰還《きかん》区域《くいき》へと向かう中、零は少しだけ不安に思った。

　このパーティーの中で、最もレベルが低いのは自分。もしかしたら足手まといになってしまうのではないかと。

（ううん……大丈夫）

　しかし、最終的には問題ないと判断した。

　ダンジョン管理人の言葉が正しければ、道中の魔物は最大でもレベルが通常の二倍、つまり１０００レベル程度にしかならない。

　現在、零のレベルは６００を超えたところだが、ユニークスキルのおかげで、その水準の敵ならば二～三体は問題なく相手にすることができる。さすがに十体を超えてくれば厳しいが、今回は風見たちもいる。危険は比較的少ないはずだ。

　それに――自分の頑張りによって少しでも人々の助けになるならば、それは零にとって心から望むべきことだった。

冒険者になってからまだ日は浅く、かつて憧れたヒーローのような強さを手に入れることができたとはとても思わない。それでも、そんな彼らの手助けぐらいはできるはずだ。

「ふー」

ゲートの前にまで辿《たど》り着いた零は、ゆっくりと、大きく息を吐き気合を入れる。

このパーティーの一員として、今の自分にできる精いっぱいを頑張ろう。

強い意志とともに、零はゲートの中に足を踏み入れるのだった。

◇◆◇

キング・オブ・ユニークが剣崎ダンジョンに突入してから、約三十分。

零たちは怒涛《どとう》の勢いで、最下層に向けて突き進んでいた。

すると、前方にレッドボアが五体現れる。

「桜、鑑定の結果は？」

「全て800レベルよ、楽勝ね」

「ああ、そうだね――雷撃《らいげき》」

風見の手から放たれる雷が、一瞬で中心のレッドボア三体を焼き尽くす。

真ん中に生じた道を、零たちはそのまま突破する。

進行自体は順調なのだが、零には一つ気がかりな点があった。

「ねえ。さっきから出てくる魔物のうち数体しか倒していない。それで構わないの？」

突破が目的ならそれでも構わないが、露払いという意味では物足りなく感じていた。

しかし、風見は自信満々に頷《うなず》く。

「もちろんさ。なにせ、この後ここを通るのはBランクパーティーだ。僕たちが一瞬で突破できる程度の魔物、彼らにとっても敵ではないさ」

「……そう」

完全に納得できたわけではないが、確かに一理あると思った零は、風見の方針に従うことにした。

その後も現れる魔物を討伐し、時には振り切って、どんどん先に進んでいく。

……ただ、振り払う魔物の数は、先に行くにつれて増えていった。

途中でもう一度零が同じことを訊《き》いても、風見は聞き流すだけ。

結果、ダンジョンに入ってたった五十分後、零たちは最下層のボス部屋前に到着した。

（思っていたより、随分と早く着いた）

そんなことを思いながら、零は呼吸を整える。

後は、既にこちらに向かっているであろうBランクパーティーを待つだけだ。

――と、思っていたのだが。

「うん……やっぱり迷宮崩壊なんて名ばかりで、実際は大したことなかったね」

突然、風見がそう言った。

いったいどういう意図の発言なのか。

零が疑問を抱いていると、風見は続けて信じられないことを告げる。

「ねえ皆、提案なんだが、このまま僕たちだけでラストボスに挑まないかい？」

「――え？」

まさかの発言に零が目を丸くする横で、零が加入するまではパーティーで紅一点だった桜も眉をひそめる。

「ちょっと信《しん》、どういうつもり？　増援を待つんじゃなかったの？」

「その予定だったが、気が変わったんだ。迷宮崩壊が発生したダンジョン内の魔物が本当に強力ならそうするつもりだったけど、そんなことはなかった。僕たちならラストボスだって簡単に倒せるはずだ」

少し間を置き、風見は続ける。

「それに、そろそろ僕たちにも箔《はく》が欲しいと思わないかい？」

「箔？」

「ああ。レベルだけ見ればCランクである僕たちが、本来ならばBランクが対処すべきラストボスを自分たちだけで討伐する――僕たちの実力を周囲に知らしめるには、絶好の機会だと思うんだ」

風見が何を言っているのか、零には理解することができなかった。

今は何よりもまず、迷宮崩壊を止めることの方が大切なはず。

なのに彼は、そんなことよりも自分たちの名誉の方が重要だと言ったのだ。

自分と同じ考えの者はいないのか。そんな期待を込めて、零は風見以外の顔を見渡す。

しかし、零の期待は裏切られることになった。

「確かに信の言う通りかもね。私たちの今の印象って、全員がユニークスキルを持っているパーティーってだけなのよね。ここらで実績を残して、優秀さをもっと広めましょう」

「いいじゃんいいじゃん、どうせボスってハイオークだろ？　どんだけ攻撃力が強くなってたとしても俺の【堅牢《けんろう》】で無効化してやるよ」

「んじゃ、いくかー」

桜、裕也、幸助の三人は風見の意見に賛成のようだった。

このままだと、本当に五人でラストボスに挑むことになってしまう。

零は急いで四人を止める。

「待って。本当に行くつもり？」

「当然じゃないか。零は一人だけレベルが低いから不安かもしれないが、安心してくれていい。ボスは僕たちだけで倒すから、君は後ろで待機していてくれ」

「だけど、それだと管理人と交わした約束と違う」

「そんなことはボスさえ倒してしまえば些末《さまつ》な問題さ。それにしても理解できないな。零はただ突っ立っているだけで攻略報酬や、それこそ栄誉だって手に入れられるんだよ？　喜びこそすれ、反対する理由が見当たらないが……」

「…………」

ここまできて、ようやく零は悟った。

自分と目の前にいる者たちの違いを。

零が何よりも優先しているのは、この迷宮崩壊を終わらせて、これ以上ダンジョンの外へ被害が広がらないようにすることだ。

しかし風見たちは、この状況を自分たちにとって、都合のいい活躍の場としか考えていない。人命救助も被害の縮小も、彼らにとっては二の次なのだ。

「これはリーダーである僕の判断で、メンバーの過半数も既に同意した。それでも文句があるのなら、零は一人でここに待機しているといいよ。たった一人で襲い掛かってくる魔物全てを倒せると言うんだったらね」

だからこそ、このようなセリフを簡単に吐くことができる。

ぎゅっと自分の手を強く握りしめながら、零は大切なことを思い出した。

これまで、人の本性が出てくるのは、その人が追い詰められた時だと考えていた。

だけど、実際はそれだけじゃなかったのだ。身に余る名声や大金を手に入れられるかもしれない状況に陥った時もまた、人は自身の本性をさらけ出す。

風見たちにとっては、それが今だった。

零は目をつむり、考える。

ダンジョンの最深部に行くにつれて、魔物たちはどんどん強力になってきた。

最下層にもなると全ての魔物が１０００レベルを超え、十体以上が同時に現れることも多くなった。増援がくるまで、一人で耐えきれるかどうかは分からない。

結局のところ、零には風見たちについていく以外の選択肢なんて存在しなかった。

「……わかった。一緒に行く」

「そうか！　理解してもらえると思っていたよ！」

風見はわざとらしく満面の笑みを浮かべると、すぐにボス部屋の扉を開けた。

風見たちは順番に中に入って行き、最後に零が勇気を振り絞って足を踏み入れる。

全員が中に入ったタイミングで、扉はゆっくりと閉ざされていく。

振り返りその様子を眺めながら、零は心の中で思う。

これでもう、増援を期待することはできない。

次にあの扉が開くのは、自分たちが全滅した時だけなのだから。


ボス部屋に入った零たちは、眼前に現れたラストボスを見上げた。

そこにいたハイオークは、以前見たものとは姿が大きく異なっていた。

２メートル50センチ程度だった体長は１メートル近く大きくなり、肉体が岩石のように隆起している。さらに手には巨大な鉄斧《てっぷ》が握られていた。

明らかに、前回戦った時の数倍は強力になっている。

「ほう、これは驚いたな。確かに強そうだね……桜、鑑定は通用するかい？」

「レベルだけならね。このハイオークのレベルは３０００よ！」

３０００という数字を聞き、全員の間に緊張が走る。

この中で最もレベルの高い風見でさえ、２３００レベルしかないのだ。

圧倒的な格上と対峙《たいじ》し、誰もが恐怖を抱いた。

ただ一人、風見を除いて。

「ははっ、いいじゃないか！　僕たちを遥《はる》かに上回る強敵を打ち倒してこそ英雄譚《たん》は生まれるんだ！　皆も恐れることはない！　これまでも格上だろうと何体だって討伐してきたじゃないか！　自分たちを信じよう！」

その言葉に感化されたかのように、桜たちは表情を変える。

「ええ、そうね。これくらいの強敵、私たちは何度も乗り越えてきた！」

「いいね、燃えてきたじゃん！」

「やるか！」

「………」

彼らとは異なり、レベルが６００程度しかない零は後方で静かに見守ることしかできなかった。

そして、キング・オブ・ユニークとラストボス、ハイオークの死闘が始まった。

◇◆◇

戦いが始まり、およそ十分後。

戦況は一方的になりつつあった。

「ははは っ！　レベル３０００ってのはその程度なのかい――雷撃！」

「ガァァアア！」

「今だ、皆！」

風見の強力な一撃によって、ハイオークは動きを止める。

そこに残る三人が、それぞれの最大火力をお見舞いする。

ハイオークを爆心地として盛大な爆発が起こる。

煙が晴れた時、そこにはボロボロになった敵の姿があった。

ハイオークのレベルは３０００。初めはどうなることかと思われたが、風見たちの保有するユニークスキルはそのレベル差を覆すほどに優秀だった。

最初からここまで、ほとんど危なげなくハイオークを圧倒していた。

（まさか、ここまで圧倒できるとは思ってなかった）

その様子を背後から眺めながら、零はそんな感想を抱いていた。

ユニークスキルの真価を改めて確認したような気持ちだった。

「裕也！　今のうちに封じ込めてくれ！」

「了解っと――堅牢・封！」

地面から生えてきた数十本の棒が、瞬く間にハイオークを封じる牢を生み出した。

これでもう、ハイオークは身動きをとることはできない。

その光景を見て、風見は満足そうに頷《うなず》く。

「うん、ここまでくればもう一安心だね。まだ死んではいないみたいだけど、あと何発か浴びせればそれでおしまいだ。思っていた以上に手応えがないのは残念だったけど、まあ構わない。さあ、トドメを刺そうか」

牢に入ったハイオークの前に立ち、風見は手をかざした。

後は風見が全身全霊の雷撃を放てば、無事に勝利することができるだろう。

誰もがそう思った、次の瞬間だった。

「ガァァァアアアアアアアアア！」

突然、ハイオークは大声で雄叫《おたけ》びを上げる。

それに合わせてボス部屋が大きく振動した。

（これはいったい……）

そのタイミングで、零は形容しがたい違和感を覚えていた。

しかし風見たちは気にならないのか、ただただ面倒そうに眉をひそめた。

「まったく情けないね、こんなのが最後の悪あがきかい？　残念だけど、お前が僕の手によって死ぬことはもう確定して……い……」

風見は途中で言葉を止めた。そうせざるを得ない現象が起きていたからだ。

ボス部屋の床から這《は》い出てくるようにして、想定外の存在が現れる。

その存在は全身を銀色の鎧《よろい》に包み、一振りの長剣を手にしていた。

こちらの人数に合わせてか、その数は実に五体にも及ぶ。

風見は驚愕《きょうがく》を隠すことなく、大声で叫ぶ。

「おい、桜！　アイツらはいったい何だ!?」

「いま鑑定を使ってるわ！　名前は無名の騎士《ネームレス・ナイト》、レベルは五体とも２０００よ！」

「っ、やはり敵か。ラストボス以外にも敵が現れるなんて聞いていないぞ！　しかしその程度のレベルならば――雷撃！」

風見の手から放たれた雷撃が、五体全てに当たった。

しかし騎士たちはダメージを負いながらも怯《ひる》むことなく、そのまま前進する。

「一撃では死なないのか？　なかなかの耐久力みたいだね。けれどそう何発も耐えられるかな？　裕也と幸助は足止めをしてくれ！」

タンクと剣士である二人が食い止めてくれたタイミングで雷撃を放てば、簡単に討伐することができる。そう考えていた風見だったが、騎士は予想外の動きを見せた。

一体の騎士が、裕也たちの守りを抜け、一目散に風見に迫っていったのだ。

「なっ！　魔物のくせに魔法使いを先に狙うだけの知性があるのか⁉　くそっ！」

自分の命を奪えるだけの実力を持った敵が襲い掛かってくる。

これまでほとんどの魔物を遠距離から魔法を放つだけで倒し、近距離戦は裕也たちに任せていた風見にとって、それは初めての経験だった。

そのため、回避のタイミングが一瞬遅れた。

このままだと騎士の剣をまともに喰《く》らうことになってしまう。

「魔《ま》法剣《ほうけん》！」

それを見た零は、咄嗟《とっさ》に自身のユニークスキルを発動した。

もちろん、自分が騎士を倒せるとは思っていない。

だから風で出来た刀身を伸ばし、騎士の足を引っかけたのだ。

騎士は勢いよく転び、剣の切っ先は風見の鼻先をかすめた。

「――なめるなよ、ザコが！　雷撃！」

風見は自分を傷付けた敵に対し、怒りをあらわにして攻撃を行う。

その一撃によって、騎士を討伐することに成功した。

「ははっ、見たか！　ザコが調子に乗るからこうなるんだ！」

得意げに叫ぶ風見。彼は零に感謝することもなく、次の標的に視線を定める。

（間に合って良かった）

零自身は、自分が少しでも戦力になれたことに対し、胸を撫《な》で下ろすのだった。

その後、パーティーの思惑通りに戦闘は続き、一体ずつ騎士を倒していく。

残る騎士は一体のみとなった直後のことだった。

「さあ残るは一体！　さっさと倒してハイオークにトドメを刺そうじゃ――」

それ以上、風見の言葉が紡がれることはなかった。

突如として、大規模な地震が発生したのではないかと思うほどの揺れが生じたからだ。

「なんだ⁉　いったい何が起こっている⁉」

「分からないわ！　ただ、あまり良くなさそうな事態なのは確かね！　早くハイオークを倒して帰還しましょう！　ハイオーク……を……」

ハイオークの方を見た桜は、言葉を失い後ずさっていく。

その表情は、まるで信じられないものを見たかのような驚愕と恐怖に満ちていた。

遅れて零も風見もハイオークを見る。

そして、桜がなぜあんな反応をしているのかを理解した。

「うそ、牢が破られて……」

「それだけじゃない！　さっき与えたはずの傷が治って、大きさまで変わっているぞ！」

捕らわれていたはずのハイオークは、いつの間にか牢を破壊し自由の身になっていた。

さらには傷が全て癒え、体長は４メートルを超えている。

この場にいる全員が、目の前で起きていることを受け入れられなかった。

しかし、圧倒的な威圧感を放つ化け物を前にして総毛立つ体が、無情にもこれが現実であると強く訴えかけてくる。

「冗談だろ、なんだよこれ……」

「さっきより、遥《はる》かに強くなってるんじゃないか？」

「嘘《うそ》でしょ、そんなはずが……」

なんとか言葉を発し、これが何かの間違いだと思い込もうとする桜たち。

零は、ぷるぷると震える足が崩れてしまわないように努めることしかできなかった。

恐怖に支配される思考の中、なんとかこの状況を把握しようとする。

（決まっている……迷宮崩壊によるダンジョンボスの強力化は、わたしたちがボス部屋に入った段階ではまだ終わっていなかった。戦闘が始まってからずっと、それこそハイオークを放置して騎士たちを相手にしている間にも続いていた……）

しかし、それが分かったところで今さらどうしようもない。

今はただ、確かにそこに存在する強敵を倒さなければならないのだ。

「……桜、あのハイオークのレベルを教えて」

だからこそ、零は勇気を振り絞って桜にそう尋ねた。

その後告げられる内容が、どれだけの絶望をもたらすかを理解していながら。

数秒後、桜は震える声で答える。

「あれはもうハイオークじゃないわ。そのさらに上位種のオークジェネラルに進化している。レベルは――4000よ」

それはもはや、死刑宣告と同義だった。

◇◆◇

ハイオークの上位種――オークジェネラルとの戦いは、既に一方的なものとなっていた。

さっきとは打って変わって、こちらが圧倒されるという形で。

風見はオークジェネラルに向けて、何度も雷撃を放っていた。

しかしそれを受けても、オークジェネラルの突進が止まることはない。

「くそ！　くそ！　くそ！　どうなってるんだ！　僕の雷撃を喰らって、なんでダメージを受けないんだよ！」

自分の攻撃を喰らっても敵が物ともしないという初めての事態に、風見は混乱していた。

しかしながら、正確にいえばダメージ自体は通っているのだ。

混乱した風見は、その事実さえ認識できずにいた。

混乱のただなかにいるのは風見だけではなかった。桜たちもまた、自分のユニークスキルが通用しないという事実に、戦う気力を失いつつあった。

どうあがいても勝てないと、そう思い始めていたのだ。

その様子を、零は外から眺めることしかできなかった。

いま自分がオークジェネラルと戦ったところで足手まといになるのが関の山なのだから。

（まさかこんなにも、このパーティーが脆《もろ》かったなんて）

零は心の中で、そう呟《つぶや》いた。

風見たちはこれまでユニークスキルを最大限活用することで、格上の相手とも対等以上に渡り合ってきた——そう、思い込んでいた。

しかしそれは正確には違った。戦ってきた敵のレベルが自分たちより上だったというだけで、実際には彼らにとって格上でもなんでもなかった。

ただユニークスキルを使っておけば勝てるだけの格下だったのだ。

そんな風見たちにとって、オークジェネラルは正真正銘、初めて戦うこととなる格上。

喉元に迫る刃《やいば》を経験してこなかった彼らは、対処する術《すべ》を知らなかった。

そしてとうとう、ギリギリ保たれていた均衡が崩れ去る瞬間が訪れる。

先ほどの騎士と同様、オークジェネラルが突如として狙いを風見に変えた。

「なっ――」

迫りくる強大な敵を前にして、風見は一歩も動くことができずにいた。

「危ない！」

「零!?」

それを見た零は咄嗟に駆け出した。

あれだけの巨体を、魔法剣でなんとかすることはできない。

オークジェネラルが鉄斧《てっぷ》を風見に振り下ろす直前、零は彼の体を押し出した。

直後、鉄斧は零のすぐそばの地面に叩《たた》きつけられる。

「がッ……」

直後、零は体に強い衝撃を感じた。

鉄斧によって砕かれた地面が破片となり、飛び散ったものが零に直撃したのだ。

その衝撃によって零の体は弾《はじ》き飛《と》ばされ、地面を何回も跳ねた後、ボス部屋の壁によってようやく動きが止まった。

（あ、れ……？　体が、動かない）
どういうわけか、体が言うことをきかなかった。
せいぜい動くのは指先程度で、それ以上は何もできない。
どこから血が流れているのか、視界に赤色が混ざり込んだことだけは分かった。
眼前には危険信号のように、残り一割を切ったＨＰ《ヒットポイント》が表示される。
一秒につき少しずつ減少していた。
かすむ視界のまま、零は続く戦闘を見届ける。
そして戦いは、もう間もなく終わりを告げようとしていた。
「ヴォォォオオオオオオオオオ！」
オークジェネラルの咆哮《ほうこう》が空間いっぱいに広がり、空気を大きく震わせる。
それだけで満足することなく、オークジェネラルは鉄斧を両手で大きく振り上げた。
（あれは――）
先ほど風見を狙った時のような、速度を重視した一撃ではない。
パワーに特化した、圧倒的な破壊の一撃を放とうとしているのだと零は理解した。
だがそれを伝えようにも、今の自分では大声を上げることすらできない。
その行く末を、ただ見届けることしかできなかった。

「何をするつもり……？」

「や、やめてくれ！」

「冗談だろ……っ？」

恐怖と混乱によって、桜たち三人はただ後ずさることしかできなかった。

そんな中、オークジェネラルの真正面に立っている風見は震えを誤魔化《ごまか》すように両手を前に出し、全力で叫んだ。

「こ、こんなところで、僕たちが死んでたまるか！　雷撃ぃぃぃ！」

放たれるは純白の雷光。精神力を全て使い果たす勢いで放ったのか、その一撃はここまでで一番の威力を含んでいた。

しかし――

「グルァァァアアアアアアアアアアア！」

咆哮とともに振り下ろされた鉄斧と雷撃がぶつかった瞬間、耳をつんざくような爆発音が鳴り響く。鉄斧はその爆発さえも断ち切るようにして、勢いよく地面に叩きつけられた。

爆音。激震。そんな言葉では表せないほどの衝撃が風見たちを襲う。

地面はえぐれ、大量の破片が飛び散り、砂塵《さじん》が舞う。

あっという間にオークジェネラルの姿は見えなくなった。

（いったいどうなったの……？）

部屋の隅まで吹き飛ばされていたのが功を奏したのか、零のもとにまで破片が飛んでくることはなかった。だが、すぐ近くにいた風見たちは、はたしてどうなったのか。

数秒後、砂塵が晴れると同時に零はその現実を目の当たりにした。

「うそ……」

破片と衝撃をもろに浴びたであろう風見たちは、相当な距離を吹き飛ばされた後、地面に横たわり気絶していた。かろうじて全員まだ息があるようだが、怪我《けが》の具合はかなりひどい。放置したままだと、すぐにでも死んでしまうだろう。

仮に万全の状態だったとしても、オークジェネラルに勝てない以上、辿《たど》り着く結末は同じかもしれないが。

オークジェネラルは横たわる零たちを一瞥《いちべつ》した後、背中を向けて距離を取っていく。

ここにいる矮小《わいしょう》な存在たちを、自分の手で殺す価値もないと告げるかのように。

オークジェネラルの気まぐれによって、零の命は長引くこととなった。

ただ、それも一秒ごとに減っていくＨＰが尽きるまでの話だが。

しかし、そんな僅かな猶予さえ許してくれない存在がいた。

オークジェネラルの覚醒以降、部屋の隅に待機していた騎士が長剣を片手にゆっくりと零に近付いてきたのだ。
自分がやられたら、その次に剣を向けられるのは風見たちだろう。
必死に立ち上がろうとするも、やはり体は言うことを聞いてくれなかった。
(ここで……おしまいなのかな)
零は視線だけをボス部屋の扉に向ける。
扉は今も固く閉ざされ、開く気配はない。
当然だ。それがダンジョンの仕組み。
あの扉を開けて誰かが助けに来てくれる奇跡など、現実には起こりえない。
——ヒーローがいるのは、フィクションの世界だけなのだから。
そんな当たり前のことを、今になって思い知った。
いったいどこで間違えたんだろう。
キング・オブ・ユニークに入ったこと?
ボスに挑もうとする風見たちを止められなかったこと?
自分も一緒にボス部屋の中に足を踏み入れたこと?

考えても答えは出ない。

それも当然。これは全てもう終わった話で、考えるだけ無駄なのだ。

だからこそ思う。

せめて犠牲になるのは愚かな選択をした自分たちだけでいい。

自分たちが死ねば、あの扉は開かれる。そうしたら、Ｂランクパーティーの人たちがきっとオークジェネラルを倒してくれるはずだ。

最後にただそれだけを願い。

長剣を振りかぶる騎士を前に、零は静かに目を閉じる。

そして――

――カランッ、と。

硬い何かが、地面に落ちるような音が響いた。

（あれ……？　痛く、ない？）

聴覚がその音を捉えただけで、いつまで経《た》っても痛みが襲ってくることはなかった。

恐る恐る、零は目を開き――

「悪い、遅くなった」

――その声を聞き、その背中を見た。

「――なん、で」

目の前にある光景が信じられなかった。

そこに立っていたのは、ここにいるはずのない人物だったから。

地面に転がる騎士の兜《かぶと》。

盛大な音を鳴らしながら倒れていく胴体。

その刃で騎士を両断したであろう白銀の長剣を握る男は、零も知っている存在――天音《あまね》凛だった。

◇◆◇

キング・オブ・ユニークが剣崎ダンジョンに突入してから、約一時間後。

他の冒険者たちと情報を共有しつつ、地上に溢《あふ》れた魔物を掃討できたことを確認した凛は、由衣と一緒に剣崎ダンジョンへ向かっていた。

「由衣、体力は大丈夫か？　結局最後まで付き合ってもらったけど」

「大丈夫です！　私も冒険者ですから！」

気丈に振舞っているのではなく、実際に元気は残っているようだった。

（……すごいな）

凛は少しだけ驚きつつ、そんな由衣を見た。

この一時間のうちに、由衣は二十人近くの怪我人を治療していた。ＭＰ《マジックポイント》が足りなくならないように回復薬を飲みながらではあったのだが、それを踏まえても、成し遂げた成果は彼女のレベルから想定されるものを大きく上回っていた。

由衣のヒーラーとしての才能を、凛は改めて思い知った。

そんなことを考えているうちに、凛と由衣は剣崎ダンジョンに辿り着く。

入り口の前には多くの冒険者が待機しており、さらにはラストボス討伐のためにやってきたであろう、装備に同じエンブレムをつけた者が二人いた。

月と剣をモチーフにしたエンブレム――つまり宵月《よいづき》ギルドの一員だろう。先ほど由衣との話題に上ったばかりでタイムリーだが、宵月の本部はこの近くにあるためそれ自体は何も不思議なことではなかった。

彼らに任せれば、問題なくラストボスを倒してくれるはずだ。

しかし、ほっと一息つく凛に対して彼らの表情には焦燥感が見受けられた。

周囲にいる冒険者たちも、どことなく落ち着きがない。

……いったい何が起きているのか。疑問に思った凛は、宵月ギルドの男性に話しかけた。

「すみません、何かあったんですか？　妙な雰囲気ですが」

「じ、実は……」

その質問に対し、男性は丁寧に説明してくれた。

宵月がこの場に到着するより少し前に、キング・オブ・ユニークの者たちが道中の魔物を露払いするため、先に中へ入っていったこと。

それから約二十分後、宵月が到着し、Bランク冒険者六人が中に突入したこと。

ここにいる二人については、連絡要員、およびにラストボスが外に飛び出してくる事態に備えて、この場で待機しているとのことだった。

ここまでは何の問題もなかった。突入組がキング・オブ・ユニークと合流し、協力してラストボスを討伐すれば、それで万事解決のはずだった。

しかしそこで、突入組から上級スキル【念話】を使用して驚くべき内容が伝えられた。

――ボス部屋に辿り着いた時、既に何者かがラストボスと戦っており、扉が開くことはなかったと。

そしてその状況は、それから十分以上経過した今もなお続いている。

「なっ……！」

そこまでは静かに説明を聞いていた凛も、思わず声を上げざるを得なかった。

それも仕方なかった。彼の話をまとめると、今ラストボスと戦っているのは風見たちだということになる。

どういった経緯で、風見たちが露払いを受け持つことになったのかは分からない。

それでも、短い間とはいえ彼らと一緒の時間を過ごした凛には、その思考を読み取ることができた。

……常日頃から自分たちの名声を上げることに躍起になっていた風見なら、独断でラストボス討伐に挑んでもおかしくはないと。

愚かな選択だとは思うが、すぐに絶望的な状況だと判断するのもまだ早い。全員が２０００レベルを超え、ユニークスキルを持つ彼らなら、ラストボスに勝てる可能性も十分にあるのだから――

「待て、零はどこにいる？」

――その少女の存在を思い出し、背筋に悪寒が走った。

キング・オブ・ユニークの中で唯一、ラストボスに挑戦するには明らかに場違いな少女。

凛の呟《つぶや》きに、近くにいた冒険者が反応する。

「零っていうのが誰だかは分からないけど、五人で突入していたのは見たぞ」

「――――ッ」

それを聞き、さらなる衝撃が凛を襲った。

仮に、風見たちが初めからラストボスに挑戦するつもりだったとして……零はそれを知った上でついていったのだろうか？

いや、そんなはずがない。一緒にダンジョンに潜った時の経験から、彼女がそんな無謀を冒すような人間でないことはよく分かっている。

だとするなら、風見はこの場にいる者たちだけではなく、仲間の零すら騙《だま》して突入していったことになる。仮にラストボスを倒すのが目的だったとしても、零がいない方がやりやすいはずなのに――明らかに、冷静な判断ができていない！

混乱と焦燥に追い詰められる凛。

そんな彼に追い打ちをかけるようにして、その現象は訪れた。

「なんだ!?」

「きゃあっ！」

突如としてダンジョンを中心に発生する、激しい振動。

それを体感した宵月の二人は、表情に焦燥を浮かべた。

「まずいっ、迷宮崩壊が最終段階に入った。もう時間がないぞ……！」

「ボスが外に出てきますね、なんとか食い止めて時間を稼がないと」

「それだけじゃない。ラストボスは迷宮崩壊が続くにつれて強力化する。恐らく今、ボス部屋にいるラストボスはより力を増したはずだ。これはもう、今戦っている人たちは……」

その会話を聞き、凛の心臓はドクンと跳ねた。

彼が言うのを止《や》めた続きの言葉は、聞かずとも理解できた。

風見たちはラストボスと最低でも十分は戦っている。

それだけの時間をかけても討伐できなかった魔物がさらに強力になったとしたら、それを倒せる確率は〇に近いはずだ。

今この瞬間、零たちは間違いなく死地にいる。

これ以上、悩んでいられる余裕はなかった。

「行ってくる」

「凛先輩？　急に何を言って……えっ!?」

由衣に一言だけ告げた後、凛は帰還区域に続く入り口に向かって駆け出した。

人混みから離れたところからダンジョン内転移《ないてんい》を発動すれば、誰にもバレず中に入ることはできるかもしれない。

しかし帰還時は話が別だ。ゲートの中に入っていないはずの人間が、ダンジョンから転移魔法で帰還するのを目撃されてしまえば、疑いの目を向けられるのは確実。

ゆえに――

「待ちなさい！　君はいったい何をして――」

後を追ってくる、宵月の男性の言葉を背に受けながら。

帰還区域に到着した凛は、ゲートから中に入るように装ったうえで小さく呟いた。

「ダンジョン内転移」

ダンジョン内転移を連続で発動しながら、凛は思考する。

自分の勘違いならば、それでいい。

風見たちの実力は本物で、強力化したラストボスさえも倒せるならそれが一番だ。

隠密《おんみつ》で姿を隠した上で、ダンジョン内転移を使ってボス部屋の外に退散してやればいい。

ダンジョンの中に入ったことは後で怒られるだろうが、思春期だから急に走りたくなって、とでも言っておけばなんとかなるだろう。

そんなふうに何事もなく終わるのが、凛の望む結末だった。

しかし、現実はそこまで甘くはなかった。

凛がボス部屋に辿《たど》り着いた時、既にそこは惨状となっていた。

風見たちは大怪我《けが》を負った状態で気絶し、唯一意識がある零は今にも無名の騎士に殺されそうになっている。

それでもまだ、誰も死んではいない。救える命は確かにある。

凛はアイテムボックスから無名剣《ネームレス》を召喚すると、上空から落下する勢いを乗せて、無名の騎士を一刀のもとに両断する。

そして——

「悪い、遅くなった」

零に向かって、そう告げた。

「————なん、で」

零は血まみれで、まともに話せないほど弱っていた。

これはまずいと思った凛は、すぐにアイテムボックスから上級の体力回復薬を取り出し、ゆっくりと零に飲ませる。

この一週間レベルと金を荒稼ぎする中、もしもの事態に備え購入しておいた物だ。買っておいてよかったと、凛はほっと胸を撫《な》で下ろす。

「１０００レベル以下なら、これ一本でＨＰは全回復するはずだ。もう大丈夫だからな」

「凛……ごほっ、ごほっ。なんで、凛がこんなところに……？」

「それについて答えるのは後だ。それより先にやらなくちゃいけないことがあるからな。零は動けるようになったら、風見たちにもポーションをかけてやってくれ」

凛はさらに四本の体力回復薬を零に渡すと、ゆっくりと立ち上がり、このダンジョンの主に視線を向ける。

オークジェネラルは突如として現れた新たな敵を、既に次の殺戮《さつりく》対象として捉えていた。巨大な鉄斧《てつぷ》を構え、今すぐにでも凛のもとに駆け出してきそうだ。

そんな強大な敵を前にして、凛は冷静に鑑定を使用する。

「ラストボス、オークジェネラル。レベル４００か……まったく、今すぐ逃げ出したくなるくらいの格上だな」

しかし、凛が逃げることはない。

無名の騎士と戦った時と同じだ。

自分を遥《はる》かに上回る強敵を前にして逃げ出すという選択をする人間ならば、凛は今ここに辿り着けてはいない。

「お前の真価が発揮されるのは、無名の騎士戦以来だな」

美しい白銀の刃《やいば》が特徴的な長剣――無名剣を握り、天音凛は格上《オークジェネラル》と相対する。

その体に震えはなく、ただ真《ま》っ直《す》ぐに目の前の敵を見据えていた。

「いくぞ、オークジェネラル——格下の戦い方というものを見せてやる」

力強い一歩を踏み出し、凛は戦いに身を投じた。

【天音　凛】
レベル：２７７３　ＳＰ《スキルポイント》：２１０
称号：ダンジョン踏破者《とうはしゃ》（４／10）・無名の剣豪
ＨＰ：２２２００／２２２００　ＭＰ：５３５０／５５３０
攻撃力：５６１０　耐久力：４４３０　速　度：５９５０
知　力：３８５０　抵抗力：４１３０　幸　運：３７６０
スキル：ダンジョン内転移ＬＶ12・身体強化ＬＶＭＡＸ・剛力ＬＶＭＡＸ・金剛力ＬＶ３・高速移動ＬＶＭＡＸ・疾風ＬＶ３・魔力上昇ＬＶ２・魔力回復ＬＶ２・索敵ＬＶ４・隠密ＬＶ４・状態異常耐性ＬＶ４・鑑定・アイテムボックスＬＶ５

【身体強化ＬＶＭＡＸ】：攻撃力、耐久力、速度の各パラメータを＋１００。
【剛　力ＬＶＭＡＸ】：攻撃力を＋３０００。
【高速移動ＬＶＭＡＸ】：速度を＋３０００。
【魔力上昇ＬＶ２】：ＭＰを＋20%。
【魔力回復ＬＶ２】：ＭＰ回復量を＋20%。

【無名の騎士の剣】
・無名の騎士が装備していた剣。
・装備推奨レベル：２０００
・攻撃力＋２０００
・敵（人・魔物）のレベルが自分より高かった場合、ＨＰとＭＰを除くステータスの全パラメータを＋30%。

第八章　弱者であるということ

天音《あまね》凛《りん》とオークジェネラルによる死闘は、始まった瞬間から苛烈をきわめていた。

至近距離から、お互いに無名剣《ネームレス》と鉄斧を振るう。

ぶつかり合う刃、鳴り響く剣戟《けんげき》。

空《くう》に描かれる剣閃《けんせん》が、それぞれの狙いを映し出す。

——だが、振るわれた刃の行先は全く異なっていた。

凛の振るう無名剣は、オークジェネラルの体を次々と浅く切り裂いていく。

対して、オークジェネラルの振るう鉄斧は凛によって紙一重で回避され、時には無名剣によって受け流され、一振りも直撃することはなかった。

だが、これは決して凛が相手を圧倒しているわけではない。

むしろ逆。凛はオークジェネラルから一撃を喰《く》らうだけでやられてしまうのに対し、オークジェネラルは凛の攻撃を喰らったところで大したダメージにもならない。

それゆえに生まれた異質な状況だった。

(厄介だな。それでもこのまま続けるしかない)

一振り刃を躱《かわ》すごとに、凛の神経はすり減っていく。

それでも凛にはこの戦法を続ける以外の選択肢は残されていなかった。

全身全霊を込めた一撃ならば、オークジェネラルに大ダメージを与えることも可能かもしれない。

しかしそうするとこちらに隙が生まれ、オークジェネラルの攻撃も届くことになる。

凛にとっては何よりもまず、敵の攻撃を躱すことが優先だった。

ヒット&アウェイ。

それが、凛がこれまで積み重ねてきた戦い方。

ただただ愚直に、この絶望的な状況にあってもそれを続ける。

敵の土俵には決して上がらず、速度を重視する自分の戦法を敵に押し付ける。

それこそが、弱者に許された唯一にして最も効果的な戦い方。

そんな凛の意思が実を結んだのか。

徐々に、徐々に、凛が刃を振るう回数が、オークジェネラルのそれを大きく上回ろうとしていた——

◇◆◇

「……すごい」

風見《かざみ》たちにポーションをかけ、戦いに巻き込まれないよう一時的に退避させた後。

凛とオークジェネラルの戦いを眺める零《れい》は、無意識のうちにそう呟《つぶや》いていた。

絶体絶命の危機に現れ、強大な敵を前に一歩も引くことなく戦う彼の姿は、さながら零の憧れるヒーローのようで。

凛が刃を振るうたび、この胸は早鐘をうつ。

彼の背中が目に焼き付いて離れようとはしなかった。

「でも、どうして」

高揚感と憧憬を抱く傍ら、零は大きな疑問を抱いていた。

どうして凛は、この閉ざされたボス部屋の中に入ってくることができたのだろう？

そしてなぜ、一週間前までは自分と大差ない実力だったはずの彼が、オークジェネラルと対等に渡り合うことができるのだろうか？

（――そうだ、確か）

思考に浸る中、零は数か月前に風見が言っていた言葉を思い出した。

かつてキング・オブ・ユニークには一人の足手まといがいた。

その者の名は天音凛。彼はダンジョン内転移《ないてんい》というユニークスキルを持ちながら、他のどの冒険者よりも無能だった――

「ダンジョン内――転移？」

――その瞬間、零は悟った。なぜ凛が閉ざされたボス部屋の中に入ってこれたのかを。

スキルの名前通りダンジョン内を自由に転移ができるのだとしたら、確かに扉からご丁寧に入ってくる必要はない。

だが、それについての理由が分かったとしても、まだ最大の謎が一つ残っていた。

一週間前、零と凛が剣崎《けんざき》ダンジョンを共に探索した際、彼はどう高く見積もっても１０００レベル程度の実力しかなかった。そんな彼が４０００レベルのオークジェネラルと互角の戦いを繰り広げられるなど、どう考えてもおかしい。

どれだけレベルアップ報酬の多いダンジョンを攻略したとしても、大量の魔物を討伐して経験値を獲得したとしても、それだけの成長は不可能だ。

だとするなら、彼はなぜ――

「――――あ」

刹那、零の脳裏に一時間前の記憶がよぎった。

『ああ。ちょうど昨日、ダンジョンを一つ踏破――ごほん、攻略したばかりでな。だから今日は休養日だ』

凛は確かにこう言っていた。

その時点では特に気にも留《と》めていなかった言葉が、ここにきて大きな意味を持つ。

それによって、全ての点が線で結ばれた。

突拍子もない、馬鹿げた発想。仮にその予想が正しければ……凛はこの世界中の誰よりも強くなれる可能性を秘めていることになる。

「そんなことが、本当にありえるの？」

疑念を口にするも、答えは返ってこない。

それが正しいかどうか確認できるのは、ここを生き延びてからの話。

凛がオークジェネラルに勝利しなければ、その時は訪れない。

「勝って……凛」

両手を組み、零は祈るように呟いた。

……ただ、最後にもう一つだけ疑問がある。

先ほどから凛の攻撃だけがオークジェネラルに届いていた。

にもかかわらず、まだ形勢は凛に傾かない。

数十の斬撃を浴びせても倒せないほどの圧倒的な差が、凜と敵の間にあるのだとしたら。

——どうして凜は、あんな風に前だけを見て戦い続けられるんだろうか？

格上の強敵を前に絶望し、やられてしまった自分や風見たちにはない何かが、凜の中にある気がした。

◇◆◇

——天音凜は、自らが弱者であることを知っている。

これまで数えきれないほどの格上と戦ってきた。

だからこそ、自分より強い相手と戦う上で大切なことを誰よりも理解している。

無用な感情は、戦場で足を引っ張るだけ。

慢心も、油断も——恐怖さえも不要。

全てを切り捨て、ただ目の前の敵に集中する。

目の前で揺れる、勝利という名の、か細い一本の糸を摑《つか》むために。

弱者は、全てを賭けないといけない。

そしてそんな格下を相手にすることこそが、格上にとっては最大の恐怖となり得るのだ。

「ガァアアアア！」

もはや凛のみが刃を振るうようになった頃。オークジェネラルはこのままだと蹂躙《じゅうりん》されるのみだと悟ったのか、叫びながら後方に飛《と》び退《の》いた。

「逃がすか！」

凛はすぐさま地面を強く蹴り、オークジェネラルに迫る。

だが、それをやすやすと許してくれる敵ではなかった。

オークジェネラルは鉄斧《てっぷ》を大きく振りかざすと、上から下にではなく、後方から前方に向けて勢いよく地面に叩《たた》きつけた。

それによって地面は破壊され、大量の破片が凛に向かって飛んでくる。

「――――」

破片の数は膨大。

一つを躱しても、そこにはさらに新たな破片が待ち受ける。

ひとつひとつ破片の位置を確かめながら回避しようとすれば、減速してしまい格好の的となるだけ。

――――ならば！

「索敵」

凛はスキル、索敵を発動した。

索敵は通常、人や魔物を探す時に使用するものだが、正確には指定範囲の魔力を感知するスキル。

目の前に浮遊する大量の破片はダンジョンの一部であるため、当然魔力を有している。

こうすることにより、全ての破片を立体的に把握することが可能になり、速度を落とすことなく最短距離でオークジェネラルに迫ることができた。

凛の接近が想定より早かったのか、オークジェネラルは鉄斧を構えるのが遅れている。

この状況なら、全力の一撃が入る可能性は高い。

凛は迷うことなく、踏み込む力を強めた。

が――

「凛、危ない！」

零の声が後方から聞こえる。

彼女が思わず叫んでしまうような行動をオークジェネラルが選択したからだ。

オークジェネラルは鉄斧を空中に投げ捨てると、両手を組みそのまま振り下ろす。

威力は減るものの、重量のある鉄斧がなくなったことで初速が上がり、今にも凛を潰さんとばかりに迫る。
タイミング的に回避は間に合わない。
――仮に凛が剣を振るうべく立ち止まっていたら、無残な結末が待っていただろう。
しかし、
「悪いが、その戦法は経験済みだ」
凛は小さな声でそう呟くと、さらに加速した。
オークジェネラルの巨大な両手が、数瞬前まで凛のいた地面を大きくえぐる。
つまり、空振りに終わった。
爆風を背中に感じながらも、凛はさらに駆けていく。

【疾　風LV３】：速度を＋30％（１秒につき10ＭＰ《マジックポイント》を消費する）。

高速移動がLVＭＡＸになることで入手できるようになる上級スキル、疾風。
昨日新たに獲得したスキルであり、ＭＰ消費量が大きいため温存していたが、ここにき

て凛は迷うことなく発動した。

そうすることにより、オークジェネラルの攻撃を回避できたのだ。

だがあまりにも速度が出すぎたのか、一瞬でオークジェネラルに接近しすぎてしまう。

とても剣を振るえるような距離ではないが、凛が戸惑うことはなかった。

「仕返しだ――喰《く》らえ！」

全力の踏み込みとともに、拳でアッパー気味にオークジェネラルを殴打した。

会心の一撃によって、オークジェネラルの足が僅かに地面から離れる。

武器を手放し素手で攻撃するという戦法を、凛はアイテムボックスを利用することによって再現した。

――疾風と同様、剛力の上位スキルである金剛力を発動したうえで。

【金剛力LV３】：攻撃力を＋30％（1秒につき10ＭＰを消費する）。

「ここで決める！」

疾風と金剛力をそのまま常時発動し、アイテムボックスから再び無名剣を召喚する。

ＭＰが凄《すさ》まじい勢いで消費されていくが、気にする余裕はない。

ここが最終局面であると、凛は直感的に理解した。

凛は最後の猛攻を仕掛ける。

地上を、時にはオークジェネラルの体さえ駆け抜けて、隙だらけの胴体と四肢を中心に神速の剣撃を浴びせていく。

数十の剣閃《けんせん》が、次々とオークジェネラルの体を切り裂いていった。

あと少しでトドメを与えることができる。

凛がそう思った、次の瞬間だった。

「グォォォオオオオ！」

攻撃も防御も放棄し、全力で咆哮《ほうこう》するオークジェネラル。

オークジェネラルから放たれる烈風によって、凛の体は軽々と吹き飛ばされた。

バランスを崩しながらも、凛はなんとか着地する。

凛の猛攻を退けたオークジェネラルは鉄斧を掴むと、気合を入れるようにもう一度大きく、そして長い雄叫《おたけ》びを上げた。

数秒後、満足したオークジェネラルは両の目を赤く光らせ、反撃に出ようとする。

――それこそが、オークジェネラルにとって最大の失敗となった。

「――――グルゥ!?」

オークジェネラルが視線を向けた先に、天音凛はいない。

それを発動するために必要な時間は、既に過ぎ去っていた。

オークジェネラルの行動は、いま凛が何よりも欲しかった時間を稼いでくれた。

奇《く》しくも、オークジェネラルが風見たちとの戦闘時に無名の騎士《ネームレス・ナイト》を呼び出し、強力化する時間を稼いだ意趣返しのごとく。

消えた凛の姿を見つけられたのは零だけだった。

凛は小さく何かを呟《つぶや》いた直後、その場から消え――次の瞬間にはオークジェネラルの頭上にいた。

「――やっぱり、凛は」

零の仮説が現実のものになろうとしたその時、凛は天井を強く蹴り、オークジェネラル目掛けて飛んだ。

凛の体は重力によってさらに加速し、そのエネルギーが全て手に持つ無名剣に伝わる。

ここまできて、オークジェネラルはようやく凛の居場所に気付いた。

いつの間にか自分の頭上にいた凛に対し、焦燥を感じさせる動きで鉄斧を振るう。

「ガァァアアアア!」

「無駄だ!」

しかし、苦し紛れに放たれた一撃を浴びるほど凛は甘くなかった。

空中で回転して鉄斧を躱《かわ》すと、その勢いすら攻撃力に変換する。

そして、とうとうその瞬間が訪れた。

「これで、終わりだぁああああああああああ!」

まさに、天音凛の全てを使った全身全霊の刃が振り下ろされる。

光り輝く白銀の刃《やいば》は、空中に半月を描いた。

トンッと、剣を振り下ろした体勢で、片膝をつくように着地する凛。

遅れて、オークジェネラルの首がスッとすべり落ちていく。

崩れていくオークジェネラルの体に背中を向けながらゆっくりと立ち上がった凛は、刃についた血を払うように、数回無名剣を振るった。

そして――

「終わったぞ、零」

——小さく笑って、零にそう告げるのだった。

◇◆◇

『称号：【終焉《しゅうえん》を齎《もたら》す者（ＥＲＲＯＲ）】を獲得しました』

『ラストボス討伐報酬　レベルが１５０アップしました』

『経験値獲得　レベルが２３３アップしました』

『ラストボスを討伐しました』

脳内に鳴り響くシステム音。

４０００レベルのオークジェネラルを討伐したためか、経験値の量がかなり多かったようだ。おかげで討伐報酬と合わせて４００近くレベルアップした。

他にも気になる単語はあったが、それは後にしよう。

今は他にやるべきことがある。

俺はまずこの場にいるもう一人の冒険者、零に視線を向けた。

すると彼女は目を潤ませたまま、優しい笑みを浮かべる。

「……凛。ありがとう。わたしたちを助けてくれて」

「ああ。皆が無事で、本当によかったよ」

様子を見る限り、風見たちも無事に一命をとりとめたようだ。

結果的に誰一人失うことなく済んだという事実に、ホッと胸を撫《な》で下ろすのだった。


その後、零から簡単に今回のいきさつを聞いた。

ほとんどが俺の想像していた通りで、風見の独断が元となった行動だったらしい。

「結果的に誰も死ななかったからいいものの、他人の命まで危険にさらしたんだ。今回の件については深く反省してもらわないとな」

「……反省しないといけないのはわたしたちも同じ。結局、風見さんを止めることができなかったんだから」

「……零」

「……どうしたの、凜？」

シュンとうなだれる零を見て、俺は彼女の頭にポンッと手を乗せる。

零は不思議そうな顔で俺を見上げるも、嫌がる素振りは見せなかった。

確かに零の言う通り、彼女たちにもある程度の責任はある。

だけど今だけは、命が助かったことを純粋に喜んでも罰は当たらないだろう。

「今はただ喜ぼう。全員が無事生き残ることができたんだから」

「……ん。凛がそう言うのなら、そうする」

嬉《うれ》しそうに微笑《ほほえ》んだ後、零は何かを思い出したように「あっ」と呟いた。

「次は凛の話を聞かせて。どうやってここに来たの？　ボス部屋の扉は閉まってるのに」

「む、それは……」

どのように説明するべきか悩んでいると、零は告げた。

「――ダンジョン内転移、のおかげ？」

「ッ、知ってたのか」

零の口からその単語が出てきたことに驚く。しかしよく考えたら、彼女は以前に風見から俺のことを聞いたと言っていた。その際にユニークスキルのことを聞いていたとしてもおかしくはない。

ダンジョン内転移で閉ざされたボス部屋に入れることだけなら、バレたとしてもそこまで痛くはない。

ここで質問を終えてくれると助かるんだが。

そう思ったが、現実は非情だった。

「――重ねて質問。ダンジョン内転移を使ったら、再挑戦期間《スパン》中でもダンジョンの中に入れたりする？」

「…………しないよ」

「そっか、するんだ」

「今しないって言ったよな⁉」

思わず、大声でツッコんでしまう。

しかし零は軽く微笑むだけ。

「大丈夫。それを周りに広めるつもりはない。この短期間であれだけ強くなれることがバレたら、凛が大変な目に合う」

……うん、これはもう誤魔化《ごまか》すのは無理そうだ。

そもそもスパン中であることを零に話した上でここに来たのだから、バレるのは時間の問題だと思っていたしな。

二人しかいないところで追及してくれたことに、むしろ感謝することにしよう。

「心配どうも。そうしてくれるなら俺も助かるけれど……」

「命の恩人を裏切ったりしない」

「なら、信じるよ」

「うん」

こうなってしまった以上、零が誰にも話さないことを信じるしかない。

約束を破らないタイプだってことは、なんとなく分かる。

さて、問題の一つが解決したところで、話は次に移る。

「しかし、問題はこの後だな。もうすぐ転移魔法が発動して地上に帰還することになるけど、ラストボスを倒した流れをどう説明するべきか……」

「凛だけスキルでボス部屋の外に出て、地上に戻ることはできないの？」

俺は首を横に振る。

「いや、そうじゃなくて。ラストボス討伐時は迷宮消滅に伴って帰還区域《きかんくいき》も消えるから、ダンジョン内にいる全員が同時に地上に帰還することになるんだ。ボス部屋の外にいる奴《やつ》らとも一緒にさ。だから俺がボス部屋の中に入ったこと自体は隠せると思うんだけど……そうなると、風見たちが気絶した後に零が一人で倒したって説明せざるを得なくなる」

「確かに、その説明はさすがに無理がある……あっ」

零は何かを閃《ひらめ》いたような声を上げる。

「なら、こういうのはどう？　皆が気絶する直前、風見さんは最大火力の雷撃《らいげき》を放った。それとオークジェネラルの攻撃がぶつかった瞬間に大爆発が起きていたの。風見さんたちはそれに巻き込まれて気絶した。だから、オークジェネラルについてもその爆発で討伐できたと説明する」

「なるほど。こいつらが気絶したことを逆手に取るのか。ただ、それで誤魔化しきれるかは微妙なラインな気がするが……」

「トドメだけはわたしが与えたことにしてもいいけれど……わたしが一歩も動けないほどの大怪我《けが》を負っていたのは風見さんたちも知っている。現実的な案として、これがせいいっぱいだと思う」

「ならそうさせてもらうか。けど風見たちが起きた後、それを聞いて調子に乗ったりしないかな？」

　変に成功体験を得てしまった結果、また同じような行為を繰り返すのだけはやめてほしいところだけど。

「……大丈夫だと思う。今回の一件で、わたしたちはダンジョンの恐ろしさを本当の意味で知った。それにまた同じような場面になったとしても、その時はわたしが責任をもって皆を止める」

　雫は覚悟の籠ったまっすぐな目で俺を見つめる。

　その目を見て、俺は彼女を信じようと思った。

「分かった。ならそれでいこう」

「うん」

一応これで、いま零と話し合っておかなければならないことは済んだ。

後、ここですべきことといえば……。

「戦利品の回収だな」

そういえば、到着時に零を襲っていたのは無名の騎士だったはず。

もしかしたらもう一本、無名剣が手に入れられるんじゃないかと思い周囲を見渡すも、どこにも見当たらなかった。

「凛？　どうしたの？」

「いや、無名の騎士の死体が見当たらないなって思って」

「それなら、凛がオークジェネラルと戦っている途中に消えていった」

「マジでか……」

零の話によると、無名の騎士は登場の仕方もおかしかったらしい。

通常のボスとは異なり消滅が早かったのも、それが影響しているのかもしれない。

「ならせめて、これは回収しなくちゃな」

オークジェネラルから魔石を取り出す。サイズ、純度ともにこれまで見たものとは比較にならない。これ一つで数百万は下らないだろう。実際に倒したのは俺なんだし、これくらいもらっても罰は当たらないよな？

「っと、ようやくきたか」

淡い光が俺と零、そして気絶している風見たちの体を包み込む。

帰還用の転移魔法が発動する合図だ。

発動を待つ僅かな間に、零がとあることを尋ねてくる。

「凛がダンジョンの中に入ったことについては、外の人になんて説明するの？」

「……忘れてたな。これは本当に思春期を理由にするしかないのか？」

「？」

頼む零。何を言ってるんだコイツ、みたいな目で俺を見るのは止《や》めてくれ。

そうこうしている間に、転移魔法がとうとう発動する。

こうして俺たちは剣崎ダンジョンのラストボス討伐を終え、地上に帰還するのだった。

【天音　凛】
レベル：３１５６　ＳＰ《スキルポイント》：４０１０
称号：ダンジョン踏破者《とうはしゃ》（４／10）・無名の剣豪・終焉を齎す者（ＥＲＲＯＲ）

ＨＰ《ヒットポイント》：２５２８０／２５２８０　ＭＰ：１９３０／６２８０
攻撃力：６４１０　耐久力：５０００　速　度：６８７０
知　力：４３５０　抵抗力：４６７０　幸　運：４２６０
スキル：ダンジョン内転移ＬＶ12・身体強化ＬＶＭＡＸ・剛力ＬＶＭＡＸ・金剛力ＬＶ３・高速移動ＬＶＭＡＸ・疾風ＬＶ３・魔力上昇ＬＶ２・魔力回復ＬＶ２・索敵ＬＶ４・隠密《おんみつ》ＬＶ４・状態異常耐性ＬＶ４・鑑定・アイテムボックスＬＶ５

【終焉を齎す者（ＥＲＲＯＲ）】
・ラストボスを単独《ソロ》で討伐した者に与えられる称号。
・ラストボスと戦闘時、ＨＰを除くステータスの全パラメータが＋30％。
・ＥＲＲＯＲ発生。条件の一部が満たされていないことを確認しました。条件を満たすまで、この称号の効果は発揮されません。

エピローグ

オークジェネラルを討伐し、皆を救い出すことができ一件落着——とはいかなかった。

地上に帰還後、俺と零《れい》はダンジョン管理人や宵月《よいづき》の人たちにこっぴどく叱られた。

零に対しては、救援の到着を待たずラストボスに挑んだことを。

俺に対しては、崩壊間近のダンジョンに突入していったことを、だ。

とても思春期がどうこう言えるような雰囲気じゃなかった。

問題のラストボス討伐の経緯についてだが、風見《かざみ》の決死の一撃がトドメになったことを零の口から説明してもらうと、あっさり信じてもらうことができた。そこで零が嘘《うそ》をつくメリットがないから、当然と言えば当然なんだけど。

風見たちが意識を取り戻したらあいつらにも確認されるだろうけど、零の言葉を信じるならあの四人は直前に気絶しておりその場面の記憶がない。まあ何とかなるだろう。

なんにせよ、とりあえずの事情説明はこれで終わり。

風見たちが目覚めた後、もう一度詳しく説明を聞くために呼び出すかもしれないとのことだったが、今日のところは心労を考慮されてひとまず帰宅を許された。

　そんなわけで、俺、零、それから由衣《ゆい》の三人で帰路につくのだった。

　三人で駅に向かう途中、おもむろに由衣は言った。

「それにしても、凛《りん》先輩がいきなりダンジョンの中に行った時はすごく驚いちゃいました。後から行ってもボス部屋に入れないのを忘れちゃうくらい必死だったんですね」

「……ああ、そうだな。恥ずかしい限りだ」

　言い訳をするまでもなく、由衣はいい感じに勘違いしてくれていた。なので、それに乗っかって頷《うなず》いておく。

「そんなことない」

「零？」

　反対側にいた零がそっと俺の袖を摑《つか》んできたので、疑問を表すように名前を呼ぶ。

　すると彼女は芯の通った、それでいて優しい声で告げる。

「恥ずかしくなんてない。凛が助けに来てくれて、すごく嬉《うれ》しかった……えっと、結局は無駄足だったけど」

「おい」

　フォローしようとしたけど、俺がボス部屋に入ったことを言ってはならないことに途中で気が付いたのだろう。最終的にただの罵りになっていた。

まあ零の気持ち自体は伝わったから、嬉しいことは嬉しいけど。

「むぅ、なんだか凛先輩と零ちゃんの距離がすごく近い気が……えいっ！」

「ゆ、由衣？」

俺と零の会話から何を感じ取ったのか。勇気を振り絞ったかのように、由衣が反対側の腕に抱き着いてくる。

直後、零と由衣の視線がぶつかり合い火花を散らした。

「その反応。やっぱり由衣も……」

「負けないからね、零ちゃん！」

いつの間にかファーストネームで呼び合っている二人に驚く。

というか、両腕を掴《つか》まれているせいでかなり歩きにくいんだが……。

「……まあ、いいか」

これは俺がオークジェネラルに立ち向かい、零たちを救ったからこそ生まれた光景。

ならば、甘んじて受け入れることにしよう。

「ほら、はやくいくぞ」

「はい！」

「うん」

元気いっぱいに返事をする由衣と、静かに頷く零。

俺たちはゆっくりと、だけど確かに、前に向かって歩き始めるのだった。

◇◆◇

夜。帰宅した俺は華《はな》の作ってくれた夕食を頂いた後、自室でステータス画面を開く。

すると新しい称号が追加されていた。

零と話す必要があったため、あの場では確認できなかったものだ。

「終焉《しゅうえん》を齎《もたら》す者《もの》か……物騒な名称だな」

ラストボスをソロで討伐した者に与えられ、効果はラストボスと戦闘時にＨＰ《ヒットポイント》を除くステータスの全パラメータが＋30％。なかなかの性能だとは思うが、問題はその後にあった。

「ＥＲＲＯＲ発生。条件の一部が満たされていないことを確認しました、か。まあそりゃそうだよな。正確にはソロで倒したわけじゃなかったし」

俺が到着してオークジェネラルを討伐するまで、零たちもその場にいたわけだしな。

おそらく、ボス部屋の扉が閉じられてから、俺がダンジョン内転移《ないてんい》を使用して一人で中に入ったため、イレギュラーが発生したのだろう。

「まあ、ラストボスなんて生涯を通して一体と戦うかどうかだからな。この称号を獲得できなくても、ひとまずは問題ないか」

そう結論を出し、この称号については気にしないことにする。

またいつの日か機会があれば、その時に獲得すればいいだろう。

「それよりも今はダンジョン踏破数を増やすことが先だな」

十個目のダンジョンを踏破した時、いったい何が起きるというのか。

そして、それと並行してそろそろダンジョン内転移のスキルレベルも上げていきたいところ。LV20になった時、どのようにスキルが進化するのか今から楽しみだ。

「そんでもって、それらを重ねて強くなり続けた先にあるのが、きっと世界最強の座なんだろう」

世界最強。その頂は遥《はる》か高く、俺にはただ見上げることしかできなかった。

だけどそれはこれまでの話。

俺にはその頂を目指せるだけの力があるのだと、今はもう知っている。

かつて冒険者に命を救われ、その強さに憧れた。

だけどそんな俺が得たのは、ダンジョン内転移という何の役にも立たない無能スキルで。

それでも諦めずに努力を重ねた結果、ダンジョン内転移が覚醒した。

その力を手に、俺はここから世界最強を目指す。

今日という日を。

いや、冒険者になってからの一年と一か月を心に刻み込むように力強く呟《つぶや》く。

この決意が、未来に続くようにと。

「俺は世界最速で――最強の座《その場所》に辿《たど》り着いてみせる」

エピローグ2　宵月《よいづき》ギルドにて

剣崎《けんざき》ダンジョンの迷宮崩壊《ダンジョン・カラプス》が終了してから約一時間後。

ギルド【宵月】のギルドマスター室にて、一人の男がデスクに腰掛けていた。

すると、部屋の中にノックの音が飛び込んでくる。

男は慌てて、貫禄《かんろく》があるように見せるべく姿勢を整える。

「入ってきていいぞ」

「失礼します」

扉を開けて入ってきたのは、美しい白銀の長髪を靡《なび》かせる一人の少女だった。

それを見て、男はすぐに体勢を崩す。

「なんだ、クレアか。雰囲気を出そうとした意味がなかったな」

「……マスター、もっとしっかりしてください。所属している者に示しがつきません」

「もっと気さくにパパって呼んでもいいんだぞ？」

「公私の区別は付けさせてください。どちらにせよそのような呼び方はいたしませんが」

その返答を聞き落ち込む素振りを見せるギルドマスター。

それを気にすることなく、クレアと呼ばれた少女は続ける。

「報告です。剣崎ダンジョンのラストボスが外に出た時のため、私も遅れて現場に向かいましたが、無事に先行者たちがボス討伐に成功しました」

「ああ、だいたいの話は聞いている。先に突入したパーティーがいると聞いた時は冷や汗をかいたが、何とかなったみたいでよかったよ」

「そうですね。もっとも、独断でラストボスに挑んだキング・オブ・ユニークの方々はこっぴどく叱られたようですが」

「それは仕方ない。一歩間違えれば全滅もありえたんだからな。って、先に突入したパーティーってキング・オブ・ユニークのことだったのか」

「ご存じなのですか？」

「ああ。最近有名になってきていたこともあるが、一年前にちょっとな。それにしても少し驚きだ。剣崎ダンジョンの崩壊は最終段階まで進んでいたんだろ？　その段階のラストボスを討伐できるだけの力があいつらにあるとは思っていなかったが……」

「ギリギリの勝利だったみたいですね。その証拠に、討伐時には一人を除いた全員が気絶していたようですし」

それを聞いて、ギルドマスターは「ほう」と身を乗り出す。

「なるほどな。ちなみに意識があった一人っていうのは、やっぱり天音凛《あまねりん》……いや、あいつはたしか脱退してたな。リーダーの風見《かざみ》か？」

「いえ、黒崎零《くろさきれい》という最近加入したばかりの少女です。トドメを与えたのはその風見という方みたいですが——待ってください。今、天音凛と言いましたか？」

「ああ、それがどうかしたか？」

「実は迷宮消滅時、キング・オブ・ユニークとうちのギルドの者の他に、もう一人ダンジョンから帰還してきた者がいたんです。たしか彼の名前が天音凛だったはずです」

「なんだと？」

　ギルドマスターは興味を持ったように身を乗り出す。

「その男がラストボス討伐に協力したというわけではないのか？」

「はい。なんでも彼はキング・オブ・ユニークとラストボスの戦闘が始まった後に、ダンジョンの中に突入していったとのことです。その後ボス部屋が開くことがなかったのはうちのギルドの者たちが確認しているので、参戦できる道理はないかと」

「……まあ、常識的に考えりゃそうなんだろうけどな」

　普段は楽観的で適当なギルドマスターが真剣な表情を浮かべるのに、クレアは疑問を抱いた。

「彼のことを知っているのですか？」

「ああ。一年前にギルドに勧誘したことがある。結局すぐ断られたんだけどな。非番で名刺も持ってなかったし、嘘《うそ》だと思われてた可能性もあるけど」

「マスター直々に勧誘したということは、それだけ優秀だったのですか？」

「いんや？　めちゃくちゃ弱かったし、周囲からは無能だって蔑まれてたよ」

「それではなぜ……」

「そいつの持つユニークスキルに将来性があったってのもあるんだが、それ以上に気になったのは目だな」

「目、ですか」

怪訝《けげん》そうな表情を浮かべるクレア。

頷《うなず》き、ギルドマスターは語る。

「ああ。振る舞いなんかは普通なんだが、目だけは違った。目標のためなら手段を選ばず進み続けるような、危うくも真《ま》っ直《す》ぐな……そうだな。お前と同じ目だったよ、クレア」

「……そう、ですか」

ギルドマスターの言葉を聞き、クレアは静かに両の目を閉じた。

かつての記憶を思い出すように。